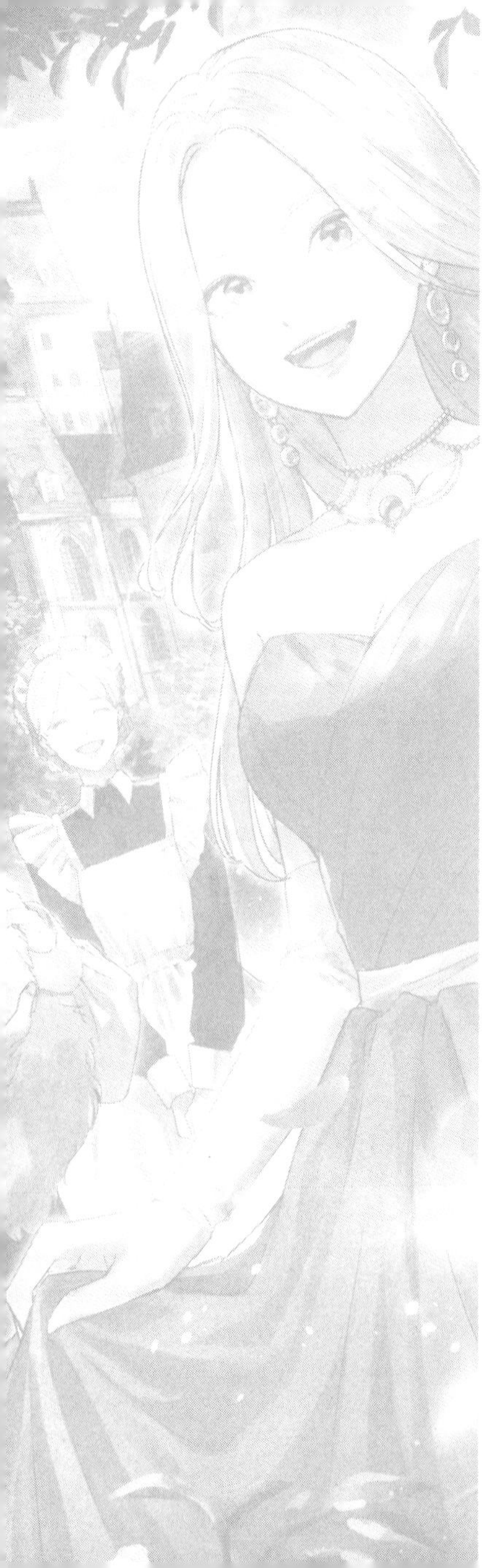

GAノベル

断罪を返り討ちにしたら
国中にハッピーエンドが広がりました

2024年7月31日　初版第一刷発行

著者　みねバイヤーン
発行者　出井貴完
発行所　SBクリエイティブ株式会社
〒105-0001　東京都港区虎ノ門2-2-1

装丁　八須賀 美希 [attic]
印刷・製本　中央精版印刷株式会社

ISBN978-4-8156-2508-5
Printed in Japan

ファンレター、作品のご感想をお待ちしております。

〒105-0001　東京都港区虎ノ門2-2-1
SBクリエイティブ株式会社
GA文庫編集部 気付

「みねバイヤーン先生」係
「imoniii 先生」係

本書に関するご意見・ご感想は
下のQRコードよりお寄せください。
※アクセスの際に発生する通信費等はご負担ください。

https://ga.sbcr.jp/

髪を結い上げていないゾーイ、
久しぶりに見た。かわいい
今日は、女の子っぽくしてみました

働き者の手だわ。私にはない、素晴らしい手よ
「辛い境遇にへこたれず、
よく今まで耐えましたね
これからは、私があなたたちを庇護いたします」

断罪を
返り討ちにしたら
国中に
ハッピーエンド
が広がりました
みねバイヤーン
illust. imoniii

目次

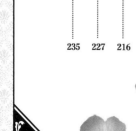

1 逆ハーエンドのピンク髪たちに断罪されている悪役令嬢に転生してしまいました

「やった、受かったー」

長年の猛勉強と、全精力を注いで挑《いど》んだ日本最難関の大学。その合格者掲示板に、該当《がいとう》する受験番号をみつけた。喜びいさんで家族に電話したあと、視界が暗転した。

「聞いているのか、ゾーイ」

クラリと頭の中がひっくり返るような、奇妙な感覚。必死で目をこじあけて、声の方を向く。黒髪の男の子が、こっちをにらみつけている。周りをサッと見回すと、色とりどりの華やかな色彩の人たち。誰も、目を合わせてくれない。

頭がズキズキするので、こめかみを指で押さえた。ふと、名前を思い出す。

「グスタフ・グレンツェール第一王子殿下《でんか》」

ゆっくりと、前世の記憶と今世の記憶がまじり合う。

「私、ゾーイ・フェルゼール。殿下のお気持ちを、いま一度お聞かせください。頭痛がして、きちんと理解できておりませんので」

ゾーイの頭の中は大混乱だ。味噌煮込《みそにこ》みうどんとボルシチが融合《ゆうごう》して、新たなスープが生まれようとしている。そんな感じだ。和と洋の殴《なぐ》り合《あ》い。でも、そこはそれ。色んな異文化を柔軟《じゅうなん》に受け取り、日本風に魔改造《まかいぞう》してきた日本人の血を受け継いでいる。

黒髪黒目キラキラ王子が半《なか》ば切れながら、長々と説明しているうちに、ゾーイは、新ゾーイに、なった。

進学校で猛勉強してきた田舎《いなか》の小娘と、王都で蝶《ちょう》よ花よと育ってきた公爵令嬢。頭脳と美貌《びぼう》を兼ね備えた、新・悪役令嬢《あくやくれいじょう》ゾーイが爆誕《ばくたん》した。

「というわけで、そなたとの婚約《こんやく》を破棄《はき》する」

「ひどい」

脳みそがごった煮だったので、またしてもちゃんと聞いていなかったゾーイ。今までの人生を振り返り、胸が苦しくなる。両親を事故で亡くし、じいちゃんと叔母《おば》に育ててもらった。巨大なムカデやイノシシに悩まされるド田舎で、神童《しんどう》と呼ばれ、必死で勉強してきた。

日本の頂点の大学に入って、法律を学び、将来性のある地味だけど真面目《まじめ》な同級生とつき合い、早めに子どもを生み、官僚《かんりょう》としてのキャリアを積み、最終的には政治家になって、東京一極集中《とうきょういっきょくしゅうちゅう》と、少子高齢化《しょうしこうれいか》と、国から見捨てられた氷河期世代《ひょうがきせだい》をなんとかする。それが、人生プランだった。

起きている時間はずっと勉強に捧《ささ》げた十うんねん。それが、やっと、報《むく》われて。大都会東京でのウキウキ都会ライフを送り、初めての恋を楽しむつもりだった。なのに。

「ひどい」

誰だ、転生させたのは。ゾーイは天を仰《あお》いだ。転生の神への怨嗟《えんさ》の声が漏《も》れる。

ゾーイは涙目でグスタフを見つめる。

「な、なんだその目は」

半ギレ王子グスタフが、少し顔を赤らめて口ごもる。隣のピンク髪が途端《とたん》に、プクーッと頬《ほお》を膨《ふく》らませた。ピンクはグスタフの腕にしがみつき、グイグイ押し当てている。

はははあ、悪役令嬢転生したのね。そして、逆ハーをコンプリートしたピンク髪ヒロインと、愉快《ゆかい》な仲間たちに断罪《だんざい》されているのね。やっと、ゾーイの意識が現状に向いた。ゾーイは猛スピードで脳内を検索する。悪役令嬢ゾーイと攻略対象グスタフ王子。チーン。そんな悪役令嬢もの、読んだ記憶がない。

はわわー。ゾーイの頭の中をはわわが蹂躙《じゅうりん》する。はわわ、ヤバイ、どうしよう。断罪、爵位《しゃくい》はく奪《だつ》、お家《いえ》とりつぶし、一家離散《いっかりさん》、修道院《しゅうどういん》か離島に追放、もう遅い、ざまぁ。はわわ。

ふっと、ゾーイの脳裏に黒板が映《うつ》った。微分積分《びぶんせきぶん》の公式。大学の数学試験に、必ず一問は出る、微分積分。あの、恐ろしくも美しい数式。

ゾーイの心がスンッと凪《な》いだ。

受験勉強の息抜きに、色んな転生ものを楽しんだではないか。落ち着いて考えれば、きっと対応できるはず。数学と同じ。公式をきちんと理解していれば、応用できるものだ。

この場合の確度の高い対応は、長引かせること。車の事故でも、警察が到着するまで、謝《あやま》っちゃダメと言うではないか。

思い出すのよ、あの辛《つら》かった受験を。あれを乗り越えたんだから、大丈夫。

ゾーイは深呼吸した。政治家になるため、のらりくらり戦法は、それなりに勉強した。

いざ、のらくら牛歩《ぎゅうほ》。カッとゾーイの目に力が入る。

「殿下、お言葉ではございますが。私の記憶によると、私とベラさんが直接お話ししたことはございません」

ゾーイの脳内検索によると、ゾーイが一方的に、ピンク髪ベラにあおられていただけだ。元のゾーイは、公爵令嬢《こうしやくれいじよう》らしい高慢さで、ピンクを視界に入れたことはなかった。男爵令嬢《だんしやくれいじよう》なんぞ、ゾーイの侍女《じじよ》より平民側ではないか。平民は保護してあげるが、意見は聞かない。そう育ててこられた。ゾーイにとって、ベラのあおりは犬の遠吠《とおぼ》えと大差はない。

「皆さん、いかがでしょう。私とベラさんが会話をしているところ、見たことがありますかしら?」

ゾーイは周りを見渡す。傍観者《ぼうかんしや》は巻き込む方がいい。対岸から高みで見物している群衆を、当事者にしなくては。前世で生徒会長として身につけた処世術《しよせいじゆつ》である。

そして、こういうときは、名指しするのが鉄則。匿名のモブではなく、名前を呼ぶことでネームドに昇格だ。責任の一端《いったん》を負わせるのだ。

「いかがかしら、ミシエル様」

ゾーイは近くにいた辺境伯令嬢《へんきようはくれいじよう》のミシェルを見つめる。ミシェルは一瞬厳《きび》しい目をして、ゾーイとベラ、逆ハー仲間たちに視線を送った。

「いいえ、ございませんわ。ゾーイ様も私も、高位貴族ですから。下位貴族とは授業も別々ですし。知り合う機会もございませんもの。学園内に身分差はないとは言いますが、卒業したら階級社会に戻るわけですから。何もかも平等という訳にはいきませんもの」

そういえば、そうよね。小さなざわめきが広がっていく。

「ゾーイ様が、取り巻きに命じて、私の持ち物を汚《よご》したり捨てたりさせたのです」

ベラがピンク髪をフワフワ揺《ゆ》らしながら、口を開く。

「まあ、それは聞き捨てなりませんわ。ベラさんは、そういうことがあった時、学園の事務局に連絡なさいましたか?」

「いえ、それは。言っても握《にぎ》りつぶされると思って」

「あら、それでは、教師かどなたかにお伝えなされたのかしら?」

「いいえ。後日、グスタフ殿下にだけご相談いたしました」

ベラが握った拳《こぶし》をプルプルさせている。

「では、事件発生時点で適切な調査はされておらず、客観的な証拠もないということですわね。私の取り巻き、友人と言い直させていただきますが。仮に友人がそのような浅はかな真似《まね》をしていたなら、たしなめねばなりません。さあ、どの友人がそのようなことをしたとおっしゃいますの?」

ベラは会場の令嬢たちを見て、モゴモゴする。ゾーイの友人はそれなりの身分の者だ。面と向かって糾弾《きゅうだん》するのは勇気がいるだろう。

「仮に、誰かがそういった行為に及んだとして。自業自得《じごうじとく》では? あなた、婚約者がいる男性に色目を使っていらしたでしょう? ああ、そう、あなたの後ろにグルリといる取り巻きさんたちのことよ」

ゾーイの切り返しに、会場のざわめきが大きくなる。

「そうよそうよ。泥棒猫《どろぼうねこ》のくせに。盗人猛々《ぬすっとたけだけ》しいとはこのことですわ」

「髪だけじゃなくて、頭の中もピンクね」

誰かのつぶやきが、思いのほか大きく響《ひび》いた。

ベラはさっと青ざめる。

「えーい、黙《だま》れ。そなたの、そういうこざかしいところが、うんざりなのだ」

グスタフが腕を上げ、キッとゾーイをにらむ。グスタフの言葉がグサリと突き刺さる。

「こざかしい」

確かに、その通りだ。勉強ばかりで頭でっかち。恋なんて、大学に合格するまでお預け。そう言ってたけど、本当はモテなかっただけ。がりがりガリ勉女《べんおんな》は、色恋の対象にならない。

進学校でも、カースト上位の華《はな》やかグループは、恋も勉強も両立していた。

勉強しかよりどころのない、こざかしい陰《いん》キャだった。でも、オシャレもお化粧も、合格してから。大学デビューって決めてたんだもの。おじいちゃんの年金を無駄遣《むだづか》いするわけにいかないもん。

「ゾーイ、泣かないで」

ふっと隣《となり》から声が聞こえる。

ゾーイの手に真っ白なハンカチがそっと渡される。

「兄上、なぜゾーイをこんな公衆《こうしゅう》の面前ではずかしめるのです」

「エーミール殿下」

ゾーイは驚《おどろ》いてエーミール第二王子を見上げる。

「さあ、ゾーイ。もう出よう。こんな話は、父上と宰相《さいしょう》を入れてするべきだ。学園の夜会で、見せ物のように行うべきことではない」

エーミールはニコッとゾーイに笑いかけると、流れるようにエスコートした。

「皆、夜会を台無しにしてすまないね。あとのことは王家と宰相が話し合う。君たちは、気を取り直して夜会を楽しんでくれ」

エーミールが華やかな笑みを浮かべると、女生徒たちから歓声《かんせい》が上がる。

「エーミール、ゾーイ、待て」

「兄上、茶番《ちゃばん》はもう十分です。父上がお待ちですよ」

エーミールはグスタフを冷たくあしらうと、ゾーイを連れて足早に会場を出る。

「ゾーイ、ごめんね。兄上があんなことをしでかすなんて。僕は止められなかった」

「いえ、いいのです。いつかはこうなる運命だったのです。グスタフ殿下は、こざかしいつまらない女はお嫌いですから」

ゾーイはすっかり、前世の陰キャの呪《のろ》いに侵《おか》された。カースト上位には、無条件で卑屈《ひくつ》になってしまう、アレだ。

「ゾーイ、真剣に聞いてくれる？　これから父上と話し合いになるんだけど。兄上は王位継承権《おういけいしょうけん》を剝奪《はくだつ》、もしくは順位を大幅に下げられると思う。ゾーイの父君、宰相が怒っているからね」

「ああ、そうですわね。そうなりますわね。グスタフ殿下は、なぜこんな悪手《あくしゅ》を取られたのでしょうか」

「それはこれから調べるんだけど。それでね、兄上が王太子《おうたいし》にならないなら、次は僕だ。ゾーイ、僕はどうかな？　僕を選んでくれないかな？」

「はえ？」

混乱のあまり、おかしな声が出て、ゾーイは咳払《せきばら》いをする。

「えーっと、それはどういう？」

「兄上との婚約を解消して、僕の婚約者になってください。僕と一緒に国を導《みちび》いてほしい。僕、ひとりでは不安だから」

「よ、喜んで」

ゾーイの中の陰キャが歓喜《かんき》に打《う》ち震《ふる》えている。こんなキラキラ王子に、告白されるなんて。ん？　これは告白か？　政略《せいりゃく》か？

「急に僕のこと好きになるのは難しいと思うから。ゆっくり恋人になろうね。僕もまだよく分からないし」

「はい。あのー、他にもいい条件の令嬢はいますが」

「宰相の愛娘《まなむすめ》で、王妃《おうひ》教育を受けている公爵令嬢。ゾーイが最適じゃない」

それは、そうだった。

「いや、そういうことじゃないな。ごめん、やり直させてください」

エーミールはさっとゾーイの前に跪《ひざまず》き、ゾーイの手を取った。

「結婚するなら、ゾーイみたいな人がいいなとずっと思っていた。でも、ゾーイは兄上の婚約者だし、僕はしがない第二王子だから。まさか兄上が自らゾーイを手放すなんて。バカな兄上。つまりね、政略もあるけど、本当に僕はゾーイがいいんだ」

「す、好き、ということでよろしいのでしょうか」

「す、好き、ということです。えー、好きです。僕の婚約者になってください」

「嬉《うれ》しいです。ありがとうございます。よろしくお願いします」

今度こそ、ゾーイは心の底から喜んだ。

初カレです。異世界転生したら断罪されたけど、キラキラ第二王子の婚約者になりました。

ゾーイの脳内には、蝶々《ちょうちょう》がヒラヒラとはためいている。完全にお花畑である。

初カレ、いいえ、初婚約者。あ、違ったゾーイにとっては二番目の婚約者。でも、いいの。うふふ。

いや、ちょっと待って。おじいちゃんと、アキちゃんはどうするわけ。あちらの体はどうなっているの？　えっ、トラックにひかれた？

夢見心地《ゆめみごこち》から絶望に。ゾーイの心は乱高下《らんこうげ》。そうこうしているうちに、ひときわ豪華《ごうか》な部屋に着いた。奥の椅子には国王陛下と、宰相であるゾーイの父親。ふたりとも、表情には何も出ていないが、どんよりとした空気が部屋にただよっている。

「ゾーイ」

父はゾーイの姿を見ると、パッと立ち上がった。

「ひどい目に合わせてすまなかった。大丈夫か？」

「大丈夫です。エーミール殿下が助けてくださいました」

父がゾーイを抱《だ》きしめる。ゾーイの心に、父への愛情が浮かんできた。そうか、ここにも家族がいるんだった。

「グスタフ殿下が妙《みょう》な女にたぶらかされて、おかしなことになっているのは分かっていた。婚約解消を陛下と話し始めていた矢先に。まさかこのようなことをされるとは」

「ゾーイ、愚息《ぐそく》がすまなかった。もっと早く決断するべきであった」

「陛下、もったいないお言葉でございます」

ゾーイとエーミールはソファーに隣り合って腰かける。

「これから、あのピンク令嬢と骨抜きになった殿下たちを調べるのだが。ここまで大っぴらに茶番を披露《ひろう》されてしまった以上、グスタフ殿下の王位継承権は下げざるを得ない」

父の言葉に、陛下がため息を吐《つ》く。

「王太子はエーミール殿下ということに。そして、ゾーイがエーミール殿下の婚約者となる。それが、一番おさまりがいい。エーミール殿下はゾーイがそれでよければと仰《おお》せだ。ゾーイ、どうだ」

ゾーイは父と陛下、次に隣のエーミールを見た。

私に、できるだろうか。王妃教育は長年受けてきた。日本では死ぬほど勉強した。でも、まだ小娘。社会人経験はなく、官僚にも、政治家にもなったことはない。知識はそこそこあるけれど、実務経験はいっさいない。アルバイトもしたことがない。近所の小学生に家庭教師をしてお小遣《こづか》い稼《かせ》ぎをしてはいたが、それぐらいだ。まっさらで、ピヨピヨのひよっこ。

前世の記憶を思い出す前のゾーイは、王妃になることになんの疑問も抱いていなかった。幼い頃から、そのように育てられたから。でも、前世の記憶を持った今、視野が広がり、自分の力の足りなさ具合がよく分かる。ゾーイは少なからず怖気づいた。

エーミールが王になるのは、いつだろうか。不測《ふそく》の事態《じたい》が起きなければ、四十歳頃だろうか。ということは、あと二十年は猶予《ゆうよ》がある。少しずつ色んな部署《ぶしょ》で下積み仕事からさせてもらえれば、経験値を積み上げられるのでは。エーミールと一緒に、たくさん学べば、いけるのでは。

ああ、前世の色んな国の政治や仕組みをもっともっと学んでおけばよかった。いい事例がたくさんあっただろうに。ううん、ダメ、もう手に入らないものにとらわれすぎてはダメ。できないことへの言い訳にしてしまうだけ。今あるもので、勝負する。この世界の賢人の知恵を学べばいいのだ。先人の積み重ねた発見を学び、そこに自分の考えを少しずつ乗せればいい。巨人の肩に乗るのだ。エーミールと一緒に。

ゾーイは、一瞬の間に考え、詰めていた息をゆっくり吐《は》いた。生徒会の立候補演説のときの武者震いがよみがえる。ゾーイは思いを告げる。

「エーミール殿下と共に、国を導きたいと思います」

三人はホッと表情をゆるめた。

「お願いがございます。王妃教育は受けたものの、私はまだ知らないことが多すぎます。現場百回と申します。国の現状、問題点を今のうちに身をもって学ばせていただけないでしょうか」

「よくぞ申した。ゾーイ」

「腕利《うでき》きの護衛《ごえい》をつける」

「僕も一緒に行くからね」

重苦しかった部屋の空気が一掃《いっそう》され、未来に向かって明るい道が見えたような気がする。日本のことは忘れないけれど、ここに来てしまった以上、ここでできることをしよう。ゾーイは決意した。

2 じゃじゃ馬ならし

　王宮の一室で、ゾーイはエーミールと隣《とな》り合《あ》ってソファーに座っている。ふたりでゆっくり話したいと、エーミールがゾーイの父を説得《せっとく》したのだ。

「さあ、何から話そうか」

　エーミールが優しい目でゾーイを見つめる。

「グスタフ殿下《でんか》とベラさんは、どうなるのでしょう？」

「兄上と彼女は、軟禁《なんきん》された上で取り調べを受ける。その後は、彼女は修道院《しゅうどういん》に入れられるのではないかな。兄上のことは、父上と宰相《さいしょう》が決めると思うけど」

「そうなのですね。グスタフ殿下に、あそこまで嫌《きら》われているとは思いませんでした。私なりに、努力してきたつもりなのですが」

　ゾーイは長年の王妃《おうひ》教育を思い出す。日本での受験勉強と同じくらいの、長くて苦しい勉強の日々だった。十歳のときにグスタフと婚約《こんやく》した。公爵家で家庭教師をつけられていたが、十歳になってからは、学園に通いつつ、王宮で王妃教育を受けた。自由時間なんて、なかった。でも、それはグスタフも、エーミールも同じだった。だからがんばれたのに。

「よく三人で歴史や語学を学びましたわよね」

グスタフ、ゾーイ、エーミールの順で年がひとつずつ離れている。十歳の頃は、三人で教師から入門編を叩《たた》き込《こ》まれたのだ。

「兄上とゾーイがあまりにすごくて、僕はすっかり自信をなくしたものだよ」

「あら、私はおふたりについていくので必死でしたのに」

「そうだったの。ゾーイはいつも表情を変えずに淡々《たんたん》としていたから。余裕があるんだと思っていた」

「弱みを見せると外交で不利になると父から言われておりましたから。できるフリ、分かっているフリ、動じていないフリ。全部ハッタリでしたわ。家に帰ってベッドに入って、毛布をかぶってからため息を吐《つ》いたり、弱音《よわね》をこぼしたり、泣いたりしていました」

「僕もだよ。あのとき、それを知っていたらなあ。兄上もこんなことにならなかったかもしれないね。兄上もきっと、弱音を吐《は》きたくても言えなかったんじゃないかな」

「数年後には、一緒に勉強することはなくなりましたけれど。そうですね、あのときにお互い弱みを見せあえればよかったですわね。きっと」

日本でバリバリの進学校にいたから、よく分かる。周りはみんな天才に見えて、劣等感《れっとうかん》に押しつぶされそうになるのだ。誰もかれもが、「勉強が間に合わなかったー」などと言いながら、涼《すず》しい顔で高得点を叩き出す世界。もっと努力しなければ、ついていけない。いつも追い詰められていた。

前世では、祖父《そふ》と叔母《おば》、友人たちに弱音を吐けたけれど。こちらでは、できなかった。おそらく、グスタフも肩ひじはって生きてきたのだろう。

「ピリピリと張りつめているときに、天真爛漫《てんしんらんまん》で気を使わなくて済む女性がいれば、癒《いや》しを求めてそちらに行ってしまうのも分かります。私とグスタフ様は、いたわり合うというよりは、大将と副将のような関係でしたもの。国政を担《にな》うという大きな壁に立ち向かう戦士」

「兄上は、ゾーイの才能に引け目を感じたのかもしれない。ゾーイは、なんでも一度聞いたら理解してしまうから」

「家で必死に予習復習していただけなのですけれど」

「そんな風に見えなかったから。でもよかった、ゾーイも必死だったって分かって」

「エーミール殿下。私たち、弱みを見せあえる関係になりましょうね」

「そうしよう」

ゾーイの張りつめていた心が、やんわりとほどけていく。

ゾーイとエーミールは、またふたりで教育を受けることになった。婚約破棄《はき》騒動のゴタゴタが片付くまで、王都の外に出るのは危険だと止められた。もっと知識を身に付けてからでも遅くはないだろうと。勉強の合間に断罪騒動について、調査の進捗《しんちょく》が報告される。

「まあ、魅了《みりょう》の魔力がつまった魔石ですか」

そんなことだろうとは思ったけれど、実にありがちだけど。かわいそうなグスタフ。

「彼女は遠縁《とおえん》の娘ということで男爵家《だんしゃくけ》に入り込んだらしい。当主は野心のないぼんやりした貴族で、養女のしでかしたことに腰を抜かしている」

「なんてこと。他に黒幕《くろまく》がいるのかしら？」

「その線で調べている。いつの間にか、男爵家から家令や使用人がごっそり消えてしまったらしい。無実だけど怖《こわ》くて逃げたのか、後ろ暗いことがあって姿をくらましたのか、不明だ。調査部の大失態だ。情けない」

エーミールが深いため息を吐く。

「ベラさんはなんと？」

「私は孤児院育《こじいんそだ》ちのヒロインだ。見込みがあるから、守護《しゅご》天使様に魅了魔石をもらった。私こそが次期王妃だ、と」

「あらー」

やっぱり転生ヒロインだったのね。返《かえ》り討《う》ちできてよかった。ゾーイは感謝の気持ちを込めてエーミールを見つめる。

「エーミール殿下があのとき来てくださらなかったらと思うと。私、ひとりでは持ちこたえられなかったと思います。助けてくださって、ありがとうございます」

「ゾーイ、間に合ってよかった。本当に」

エーミールがゾーイの手を取る。温かいエーミールの手に包まれる。

「グスタフ殿下はどうなるのでしょう？　魅了魔石に操《あやつ》られたのですもの。無実と言ってもいいぐらいですわ」

「そうなんだけどね。意思の強い人は引っかからない程度の魅了魔石だったらしい。ほんの少し、不満を増幅《ぞうふく》させたりする程度。父上は、恩情は施すけれど、信頼回復の何かが必要だとお考えのようだ」

哀《あわ》れなグスタフ。ゾーイはうつむいた。

「ゾーイは」

エーミールが小さな声でささやいた。

「ゾーイは。兄上と結婚《けっこん》したい？」

ゾーイはハッと顔を上げる。エーミールの目が、少し揺らいでいる。

「エーミール殿下。私は、エーミール殿下と結婚したいです。グスタフ殿下には、私の弱みを見せようと思えませんでした。私は、結婚する人には、自分の悪いところも弱いところも、見せたいです。そして、そんな完ぺきではない私を、受け入れて、ときに正してほしいです」

「ゾーイの全てを受け入れ、必要なら諫《いさ》めるよ」

「私も、エーミール殿下の全てを受け入れ、必要なときは忠言いたします」

ゾーイはエーミールの手を強く握り返した。エーミールの少しこわばっていた表情がふんわりゆるむ。

「彼女はね、修道院に入れようと思っているのだけど。受け入れてくれるところがなかなか見つからなくて。難航《なんこう》している」

「王家の敵みたいなものですものね。ベラさん、癖も強いですし」

修道院も、牢屋《ろうや》代わりにはねっかえり令嬢を放り込まれては、困るだろう。

ところが、意外なところから解決策が現れた。

翌日《よくじつ》、ゾーイとエーミールは、初めてのデートに出かけた。いわゆる、お忍びデートだ。ゾーイは朝からソワソワが止まらない。前世でも今世でも、初めての、デート。頭の中には、デートの二文字がグルグルしている。ついつい、ニヤけてしまい、慌《あわ》てて口の中を噛《か》んで真顔に戻る、を繰り返しているのだ。

「ゾーイとふたりで出かけるの、初めてだね。なんだか、緊張《きんちょう》するね」

「はい」

エーミールはラフな服装と整えていない無造作《むぞうさ》な髪で、かえって美貌《びぼう》が際立《きわだ》っている。ゾーイは、エーミールの破壊力にもだえている。すごくすごく、とてもとても、かわいい。

「髪を結い上げていないゾーイ、久しぶりに見た。かわいい」

エーミールがポーッとした表情でゾーイを見る。

「勉強のときは邪魔にならないようにまとめているので。今日は、女の子っぽくしてみました」

侍女《じじょ》のマルタと、ああでもないこうでもないと、色々試した結果、ゆるくネジッてハーフアップにし、リボンをつけたのだ。前世では真っ黒の直毛だったけど、今は輝く金髪だ。フワフワで柔らかくて、まとめやすくて、とても気に入っている。美人な今の見た目には、鏡が優しいのだ。

美少年のエーミールの隣に並んでも、気が引けない美貌。すごい。これは、チートといってもいいかもしれない。日本にいたときは、クラスの真ん中らへんだった。可もなく不可もなく。普通の見た目。美人ってだけで、自信がすごくみなぎる。すごい。デートだって、できちゃう。

エーミールに手を取られて、馬車に乗る。ドライブデート。初デートがドライブデート。大人みたい。ゾーイは完全に浮き足立っている。さっきから、すごい、って言葉ばかりがうずまいている。考えてもみてほしい。前世も今世も、青春を勉強に捧《ささ》げた人生だった。初めての彼氏、もとい、二番目の婚約者が、こんなに美形で優しい王子なのだ。陽《よう》キャパリピでも有頂天《うちょうてん》になるだろう。いわんやゾーイにおいてをや。

ゾーイが気もそぞろになっている間に、馬車は王都の中心街に近づいていった。

「この辺りで降りて、街歩きしようか」

エーミールに手を取られ、馬車から降りて街を見る。お忍びとはいえ、護衛《ごえい》はびっしりついている。目立たないよう町人を装《よそお》って、様々なところに配置されているのだ。買い食いは禁止、買い物をしてもいい店も、指定されている。

「ごめんね、屋台で食べたいって言ってみたんだけど。毒見の段取りとか、万一のことを考えると今回は見送ることになった」

エーミールがすまなそうにゾーイにささやく。ゾーイはすぐ、頭《かぶり》を振った。

「気にしないでください。当然のことですもの」

第一王子が謹慎中《きんしんちゆう》に、第二王子が街歩きで買い食いして、体調でも崩《くず》したら国が揺《ゆ》らぐ。屋台も撤去《てつきょ》するはめになるだろう。そうなると、民も困る。お忍びデートでも、できることとできないことがある。公爵令嬢として育ってきたゾーイには、よく分かる。前世の価値観だと、買い食いぐらい、いいじゃーんと思いそうになるけれど。公爵令嬢側《こうしやくれいじようがわ》のゾーイは、ダメダメって言っている。

「こうして街をふたりで歩けるだけで、とても楽しいですもの」

エーミールはニコッと微笑《ほほえ》み、つないでいるゾーイの手をキュッと握《にぎ》った。街中でのエスコートは、貴族ですと看板を掲《かか》げているようなものなので、手をつないでいる。ゾーイにとっては、本当に、これだけで十分に夢のような時間だ。ふたりでのんびり歩き、屋台をひやかし、道行く人を眺《なが》め、エーミールとたわいのない会話をする。今まで憧《あこが》れていることが、叶《かな》ったのだ。

人が多い場所だと、エーミールがさりげなくゾーイをかばってくれたりする。ふとしたときに肩が当たったり。弟キャラだと思っていたのに、大きな手は力強く、見上げる横顔のあごのラインは精悍《せいかん》だ。

この人が、私の彼氏なんですよー。この世界と日本の友人知人家族ご近所さん全員に、大声で報告したいぐらいだ。嬉《うれ》しくて仕方がないゾーイである。ゾーイの目にキラッと光るものが飛び込んできた。露店《ろてん》をのぞきこむと、小さな石のついたカフスボタン。見る角度によって色が変わるようだ。

「このカフスボタン、エーミールに似合いそうね。これ、くださいな」

ゾーイはニコニコしながらお金を払い、エーミールの上着のポケットに押し込む。

「この紫の花がついた髪飾《かみかざ》り、ゾーイの目の色と同じだ。ゾーイに似合うと思うな。これ、ください」

エーミールが負けじと髪飾りを買い、ゾーイの髪にパチリと留める。

「ゾーイの愛らしさが一段と増したよ」

「まあ」

ゾーイは真《ま》っ赤《か》になる。街の人たちは、初々《ういうい》しいふたりの様子に顔をほころばせて見ている。直球の誉《ほ》め言葉に、ゾーイは顔だけじゃなく、全身が熱くなる。桃色気分のゾーイの脳裏にピンク髪がよぎる。根が真面目《まじめ》なゾーイ。懸念事項《けねんじこう》は頭の片隅《かたすみ》に居座りがち。

「ピンク令嬢ベラさんを、預けられる人が見つかるといいですわねえ」

「王家の直轄地《ちょっかつち》に新たに修道院を作る案も出ているよ。引退した女性騎士に院長をやってもらえばいいかもしれない」

「心も体も屈強《くっきょう》で、小娘を手の平でコロコロできるような方がいらっしゃるといいですわね」

神に人生を捧げてきた敬虔《けいけん》で慎《つつ》ましやかな修道女には、押しつけにくい難題だもの。

ゾーイが、そんな都合のいい人いるかしら、と遠い目をしたとき、大きな悲鳴が聞こえた。

「誰かー、止めてー」

「危ない、逃げろー」

通りの向こうの方から、叫び声が上がった。スッとゾーイとエーミールの前に複数の男が立つ。

「殿下、何か起こったようです。退避《たいひ》いたしましょう」

護衛に誘導《ゆうどう》され、道の端《はし》っこに移動する。パラッとゾーイの頭に何かが降りかかる。思わず上を見ると家の屋根から小石が落ちているのだ。なぜ、と思ったら、地面が揺れている。振り返ると、数頭の馬が走ってくるのが見えた。

「ゾーイ」エーミールがゾーイを壁ドンする。

「殿下」屈強な護衛が数人、エーミールの後ろを取り囲む。

「どけどけどけー」

大きな怒鳴《どな》り声が聞こえる。

「キャー」

「ドナさーん」

「あぶなーい」

街の人たちの叫び声を、ゾーイはエーミールの腕の中で聞いた。隙間《すきま》から、なんとか外を見てみる。大きな馬に乗ったおばあさんが、次々と暴れ馬に投《な》げ縄《なわ》をかけ、制御《せいぎょ》していく。おばあさんの丸太《まるた》のようなぶっとい腕が、ビーンといくつもの投げ縄を引っ張り、馬を力ずくで抑え込む。一瞬の沈黙の後、通りから歓声《かんせい》がわき起こった。

「ドナさーん」

「すてきー」

「一生ついていきまーす」

「ばあちゃーん」

「誰がばあちゃんじゃ。お前ら、馬はきっちり繋《つな》いでおけって何度言えば」

「申し訳ないです。ごめんなさい。ハチが急にきて一頭が驚いたら、どえらいことになってしまって」

息せき切って走ってきた馬主っぽい男たちが、おばあさんにペコペコ頭を下げる。

「アホウ。いいとこのお坊ちゃんとお嬢《じょう》ちゃんにケガさせるところだったぞ。すみませんでしたねえ、アホが馬を抑《おさ》えられなくて。もう大丈夫ですよ」

ゾーイはゆるんだエーミールの腕の中から、そっと顔を出し、おばあさんを見上げた。ムキムキの二の腕、たくましい太もも、しめ縄のような三つ編み。ワシのように鋭い目は、ゾーイを心配そうに見ている。ゾーイは、大丈夫と伝えようと、何度も頷《うなず》いた。おばあさんは、ホッとしたように少し笑うと、鼻息の荒い馬たちを従え、悠々《ゆうゆう》と通りすぎていった。

おばあさんが去ったあと、ホッとしたように護衛が額《ひたい》の汗を拭《ふ》いた。

「ドナさんのおかげで、助かりました。数頭の暴走する馬を、別の馬で並走しながらあっという間に鎮《しず》めるなんて。並大抵の技ではありません。さすがは世界的な冒険者ですね」

「ドナさんは冒険者なのね？」

「はい。もう引退してますが。現役のときは、名前を聞くだけで荒くれ者が静かになったらしいですよ」

「今は何をされているのかしら？」

「昔からの夢だった、パン屋を開こうとしているとか」

「エーミール殿下、うってつけの人材かもしれません」

ゾーイはパチンと両手を打ち合わせた。エーミールが首を傾《かし》げてゾーイを見る。

「じゃじゃ馬ならしですわ」

ゾーイは自信たっぷりに言った。

3 断罪された悪役令嬢やヒドインが集まる修道院

ゾーイはまずは、ドナに手紙を書いた。突然、王宮に呼びつけて上から目線でお願いしたら、ダメだと思うから。暴れ馬から助けてもらったことへのお礼、かっこよくてしびれた、突然で不躾《ぶしつけ》だとは思うけれどお願いしたいことがある、一度会ってはもらえないだろうか。といったことを、長すぎず、堅苦《かたくる》しすぎず、失礼にならない塩梅《あんばい》で書いた。

「王宮にお招《まね》きしてもいいのですが。なんとなくそれは、ドナさんは居心地が悪そうな気がしますの。かといって、私がお忍びでドナさんの家を訪ねるのも、違うと思いますの」

高位貴族がお忍びで家に来たら、イヤだよね。高いお茶の葉とかお茶菓子を買ってきたり、家を整えたり、めんどくさいと思う。お構いなくって言ったところで、ねえ。構うに決まっているもの。

「間を取って、個室のあるカフェでお会いできればと思っております。ドナさんの都合のいい日程をいくつか聞いてきてくださいな」

使いの者に手紙を渡しながら伝えた。ドナさんに断られるとは思っていない。だって、貴族からの依頼に、平民は従うしかないのだから。申し訳ないけど、ゾーイが公爵令嬢《こうしやくれいじよう》なので、そこはもうどうしようもない。

決まった日に、ゾーイはカフェの個室で静かに待っている。エーミールも一緒に来てくれている。

やや緊張しているふたりの前に、まったく緊張していなさそうなドナが現れた。ゾーイは室内の密度が一気に上がり、空気が薄くなったように感じた。だって、ドナ、どーんと大きい。筋肉がみっしり、ぎっしりしている。ゾーイもエーミールも背が高い方だけど、ドナはふたりより縦にも横にも大きい。それは、もう、とてつもない威圧感《いあつかん》。

「ドナさん」

ゾーイは、思わずぴょんと立ち上がった。公爵令嬢にあるまじき所作だ。ゾーイは落ち着こうと深く息を吸い、令嬢らしく微笑《ほほえ》んだ。

「ドナです。お忍び、無礼講《ぶれいこう》ということで、失礼しますよ。礼儀《れいぎ》は大昔に習ったけれど、ダンジョンの中に置き忘れてきてしまいましてね。はっはっは」

ドナは、楽しそうに大きな笑い声をあげる。窓ガラスがビリビリ揺れる。ドナは、すすめられるままにドシーンと椅子に腰かけ、大いに食べ、飲んだ。遠慮《えんりょ》しないドナに、ゾーイの緊張もすっかりほぐれる。ゾーイは、エーミールと目を合わせると、静かに切り出す。

「ドナさん、これは私の妄想《もうそう》で、独《ひと》り言《ごと》です。お願いや依頼ではありませんので、気軽に聞き流してくださいね」

正式にお願いすると、ドナは断れない。ゾーイは、それはイヤだ。ドナがやりたいからやる、そうでなくては続かない。ゾーイは机の上で両手を組むと、話し始める。

「私、つい最近、危うく断罪《だんざい》されかけたのです。幸い、返《かえ》り討《う》ちができました」

「ああ、おかげでピンクの服や花がさっぱり売れなくなったらしいね」

「まあ、ピンクの風評被害《ふうひょうひがい》ですわね。なんとかしませんと」

思わず考え込みそうになったゾーイ。隣のエーミールの視線で、意識を元に戻す。

「ピンク令嬢を処刑《しょけい》してしまえという声もあるのですが。私は反対なのです。ピンクさんも、まだ若いのです。更生《こうせい》の余地はあるはずです。もし、誰かにそそのかされていたのだとしたら、黒幕をこそ追い詰めたいですし」

ゾーイの言葉を聞きながら、ドナはパクパクと軽食の肉を食べる。

「問題を起こした貴族女性は、修道院《しゅうどういん》に送られることが多いようですが。ピンク令嬢はなかなかクセの強い女性なのです。普通の修道院では持て余すと思うのです」

ゾーイはなるべく淡々《たんたん》と、独り言っぽく続ける。

「じゃじゃ馬を手の平で転がしながら、それぞれの適正に応じて臨機応変《りんきおうへん》に調教《ちょうきょう》、いえ更生させられる。そんなスゴ腕の方はいらっしゃらないかなーと。あ、そういえば、先日、暴れ馬を瞬時になだめられた猛者《もさ》がいらっしゃったなーと」

ドナはムシャムシャと肉を噛み砕く。

「剛腕《ごうわん》で百戦錬磨《ひゃくせんれんま》の高名な冒険者。街の人たちからも慕《した》われている。あら、まさに、ではありませんのって。でも、もう引退なさって、これからはパン屋をされるとか。その夢を邪魔するのは本意ではありませんし」

ふむ、ドナは肉をゴックンと飲み込んで、小さくうなった。

「例えば、王家の直轄地に修道院が新たに建てられるのですが。その方の好きな場所をお選びいただけます。台所に大きなカマドを作ることも、焼いたパンを売って副収入にしていただいたりなんかも」

ドナは食べるのをやめて、しげしげとゾーイを見つめる。

「なるほど、おもしろい独り言を聞かせてもらいました。さて、なんと言ったらいいものか」

「すぐにお答えいただく必要はございません。また次回、独り言の会を設けましょう。こんな修道院なら、ありかもしれない、なんてつぶやきを聞きたいものですわ」

ゾーイがドナを見つめ返す。

「では、次回はおいしい魔物の肉を食べられる店ではいかがかな」

「いいですわね」

ドナとゾーイはニコニコと笑い合い、エーミールは肩の力を抜いた。

＊＊＊

「いやあ、めんこい子だったわ」

あんな娘が欲しかった。家に帰ってビールをグビグビ飲みながら、ドナは本当の独り言をこぼした。

「泣く子がもっと泣き叫《さけ》ぶこのご面相と巨体にも臆《おく》さず、言いたいことをツラツラ垂《た》れ流《なが》す度胸《どきょう》」

なかなかの娘っ子だ。ドナは二杯目のビールを飲み干す。

「敵に塩を送る気概、先々を見据《みす》える慧眼《けいがん》。あれはいい王妃になるよ」

末頼《すえたの》もしいじゃないか、気に入った。ドナは三杯目のビールを注ぐと、次の高級店で何を食べようか、ニヤニヤしながら考える。

ワイバーンのトマト煮込みをワッシワッシと詰め込みながら、ドナは大きな声でビールグラスに向かって意見を述べる。ゾーイは、真剣な目で紙に書き記している。

「故郷の近くにダンジョンがあってね、その近くなら楽しそう。冒険者にパンを売りつけられるし。王家の直轄地だったはず。台所は設計の段階から意見を出したい」

ウンウン、ゾーイとエーミールが問題ないと言った表情で頷く。

「運営方針は話し合って決めるから、その後は基本的には任せて欲しい」

「金は出すけど口は出さない。それでどうでしょう？」

ドナとゾーイは、お互い目を合わさず、独り言を続ける。

「上司は目の前にいるふたりがいい。即断即決《そくだんそっけつ》、ウダウダ言わない上司がいいからねえ」

「問題ないと思いますわ」

「宗教の自由を認めて欲しい。なんか、適当な神様をでっち上げてもいいかもなー」

「前半は問題ありませんわ。後半は、聞かなかったことにいたします」

国教はあるけれど、ガチガチの宗教国家ではないので、まあ大丈夫だろう。どんな神様にするかは、こっそり打ち合わせさせてもらおう。ゾーイは紙に、神様の件は要調整と書いた。

「では、次回の独り言の会では、より細かな部分をつぶやいていきましょうか」

「肉とパンが最高の店を知っている」

「予約いたしますわね」

ドナとゾーイは、祖母と孫のように打ち解けた。エーミールはほのぼのと、ふたりを眺めている。

＊＊＊

その修道院はダンジョンの隣にある。ゾーイに三顧《さんこ》の礼《れい》でもって招かれた修道院長が、元冒者だからだ。

修道院のドナ院長の朝は、めん棒で銅鑼《どら》を叩《たた》くことから始まる。

ガイーン、頭が割れそうな大音響《だいおんきょう》が、静寂《せいじゃく》の修道院に響《ひび》き渡《わた》る。

パタパタパタ、足音が響き、大きなホールに修道女たちが集まる。

一糸乱《いっしみだ》れぬ動きで、修道女たちが整列する。ドナ院長の訓戒の始まりだ。

「魔法の言葉、はじめ。おはよう。こんにちは。こんばんは。いただきます。ごちそうさま。ありがとう。ごめんなさい。おやすみなさい」

二百人もの修道女が、息もピッタリに、魔法の言葉を唱和する。ドナ院長は凄《すご》みのある笑顔で、めん棒を手にバシバシしながら拍を刻《きざ》む。

特大ホールに修道女の魔法の言葉が反響する。

「よし、魔法の言葉、終了。いいですか、皆さん。どんな魔法の呪文より、これらの挨拶《あいさつ》をきちんとすることが、幸せへの近道です。いいですね」

「はい」

全員が真面目《まじめ》に腹から返事した。

「では、各自、仕事にむかいなさい」

修道女たちは、テキパキと持ち場に向かう。ドナ院長も、特大の台所に向かった。パンを焼くのだ。パン焼きは、修道女たちに人気の仕事だ。普段は愚痴《ぐち》や不平不満を口にすることは許されない。パン焼きのときだけは、許されるのだ。

髪が落ちないようきっちり頭にスカーフを巻き、唾《つば》が飛ばないよう口元をマスクで覆《おお》った修道女たち。思いのたけをパン生地にぶつける。

「よくも裏切ったわねー」

「なにが真実の愛をみつけたよ。ただの、浮気じゃないの」

「あの女、色んな男に手を出してー。尻軽《しりがる》っ」

「見てなさい。いつか、ざまぁしてやるんだから」

「今さら好きって言ってきても、もう遅いって、嘲笑《あざわら》ってやる」

ここは、追放されたり、もういらねって言われた令嬢たちの最終到達地。ちょっとした、修羅の国だ。こじらせた令嬢たちは、貴族たちにとっては危険物。でも、長年魔物と命のやり取りをしてきたドナ院長にとっては、かわいいヒヨッコだ。

令嬢たちの怒りとわずかな魔力が込められたパンは、冒険者や街の人に大人気だ。食べるとメラメラと力がわいてくるらしい。

「ドナ院長、ピザ屋と総菜《そうざい》パン屋に、パンを届けに行きますね」

「ありがと、よろしく」

修道女がピザ生地《きじ》と総菜パン用のパンを持っていく。これはゾーイの助言だ。

「秘伝のレシピを、いくつかお渡ししますね。ただ、儲《もう》けを独《ひと》り占《じ》めすると、街の人たちから恨《うら》まれます。総取りは悪手《あくしゅ》です」

そう言って、修道院にパンの色んなレシピ、街の食事処にピザやサンドイッチなどのレシピを渡してくれた。手ごろな値段でサクッと食べられるピザやサンドイッチは、冒険者に大人気になった。

おかげで、修道院がパンで大儲けをしていても、誰にも恨まれない。

「ピザ焼いて売るのでせいいっぱい。生地は修道院で作ってくれないかな」

「うちもそれがいい。平たいパン焼いてくれない？　そしたら切り込み入れて、間に具材はさんですぐ売れるから。パンから焼く余裕はないよ」

そうやって、住みわけができている。

「これがウィンウィンってやつだね」

ゾーイに教えられた謎の言葉だ。ドナ院長は、なるほどなと膝《ひざ》を叩いたものだ。

「冒険者だと討伐《とうばつ》した魔物の取り分でもめるからね。前衛がたくさん取ろうとするけど、そしたら後衛がやる気をなくすだろう。だからうちのパーティーは全員平等に分けることにしてるのさ」

「さすがです。ドナ院長。もめごとのない、まとまりあるパーティーといえば、ドナ院長のパーティーとギルドで聞きましたもの」

ゾーイは人を褒《ほ》めてその気にさせるのがうまい。おかげで、気がついたら修道院長になって、バリバリ働いていた。

「ドナ院長のおかげで、迷える令嬢たちがまっすぐな目で未来を見られるようになって、嬉しいです」

褒め上手なゾーイは、折に触れて手紙を送って、ドナ院長の気分を持ち上げてくれる。

「疲れが取れるお茶の葉がみつかったので、おすそわけです。ご自愛くださいね」

貴重な薬草茶まで送ってくれた。おかげで、ドナ院長は疲れ知らずだ。ゾーイが修道院を作るきっかけになった、初代ピンクには感謝しないとね。ドナ院長は伝説の女ベラを思い出す。

王都の屈強《くつきよう》な女騎士に連行されてきたベラ。ふてぶてしさと、ヤサグレが絶妙に混ざり合って、とんでもないことになっていた。

「ここは私が主役の世界のはずなのに。どうしてよっ」

初対面で、泣きながら怒っているベラに愚痴をぶつけられたドナ院長。すかさずめん棒を渡した。

「怒り、悔《くや》しさ、憎しみ、ふがいない自分への呪詛《じゆそ》。パン生地は全て受け止めてくれるよ」

ベラはプクーッと膨《ふく》れながらも、ぶっとい腕のドナ院長の迫力には逆らえず、渋々《しぶしぶ》パン生地をこね始めた。

「逆ハーコンプリートして、さあ、これからウハウハってときにさー。あのクソ女ー。あいつもきっと転生者ね」

意味不明な文句を言っているベラを適当にいなし、焼いたパンを食べたのだった。自分でこねて、自分で焼いたパンを食べながら、ベラはポツリとこぼした。

「私の何がいけなかったのかな。どこで間違ったんだろう」

「知らん」

「かわいい顔に生まれて、調子に乗ったから？　高位貴族令嬢から婚約者を奪《うば》って、自分の方が上だって勘違《かんちが》いしたから？　ミニスカート履《は》いてみんなに見られて承認欲求《しょうにんよっきゅう》を満たしたから？」

「知らん」

ベラはグダグダ言っていたが、ドナ院長は聞き流した。若者は、とことん悩んで、そのうち自分で答えをみつけるものだから。それに、この手の女は、人の意見なんて聞きやしない。


そんなベラも、今ではまっとうな冒険者だ。見違えるようにたくましくなったベラ。冒険者の野郎どもを引き連れて、両手にめん棒を持って、ダンジョンで暴《あば》れまくっている。

「めん棒、いいわあ」

「それ、もはや、こん棒って言うんじゃないかねえ」

どんなデカいピザ生地を伸ばすつもりだい。そう言いたくなるような太くて長い棒を振り回しているのだ。

「この前試したらさ、めん棒から聖なる光が出ちゃったよ。聖女ピンク爆誕《ばくたん》かも」

「あんた、相変わらずバカだね」

「もうー、ドナ院長ってば。相変わらず塩対応なんだから。まっ、そういうところがいいんだけどね。はい、これ、お土産《みやげ》」

ベラはニヤニヤしながら、ドナ院長の手にコロンと紅玉《こうぎょく》をのせる。

「なんだい、これ」

「この前、ダンジョンで火属性のドラゴンを倒したのよ。玉から火が出るんだって。パン焼くのに使ってちょうだいな」

「あんた、ドラゴンの宝珠《ほうじゅ》って、一国が買えるぐらいの価値があるんだよ。そんなもの、もらえないよ」

「ドナ院長、こういうヤバいお宝はね、地味ーに使う方がいいのよ。ね、下手に騒いだり、大儲けしたら、やっかまれるじゃない。誰もさ、ドラゴンの宝珠でパン焼いてるとは思わないでしょ。今まで助けてくれたお礼だと思ってさ。おいしいパンを焼いてよ」

「あんた、まったく。おバカなんだから」

「えへへー」

ベラは嬉しそうにバカ笑いを見せる。ふっと神妙な顔になった。

「あのね、ゾーイ様にね、ありがとうって伝えてくれないかなあ。私、よく考えると体育会系なんだよね。王妃になっても、絶対うまくいかなかった。それに、何人もの男を転がし続けるほど器用でもなかったしさ」

「ほーん」

ドナ院長はじっとベラを見つめる。

「あのときは深く考えてなかったんだけどさ。五人の男とつき合ったとして、その後どうすんのよって話じゃない。子ども生まれても誰の子だか分かりゃしないじゃない。そうすると、その子は王子になれないわよね。かわいそうだわ」

「そんな事態になる前に、あんたは消されてたと思うけどね。王家が許しゃしないよ」

「そうだよね。消されてたよね、きっと。あっぶなーい」

ベラはあっけらかんと笑う。ドナ院長は苦笑しながら聞いてみる。

「あんた、ギルとはうまくいってんのかい？」

途端《とたん》にベラのニヤニヤ笑いがさらに勢いをます。

「うまくいってんのよ、それが。ギルはさ、私がバカなことしても、意味不明な発言しても、イライラしてイイーッってなっってても、軽く受け流してくれんだよね。オタオタしないの。今回は長続きすると思う」

「そうかい、ならいいんだけどね。あんた、誰かと別れるたびに、ひどい顔してここに来るんだもん。うまくいってんなら、安心だよ。そろそろ幸せになってもいい頃合いだろうよ」

「あら、私はいつだって幸せになってもいいのよ。主人公なんだから」

「誰だって、主人公だよ。あんただけじゃないよ」

「そうよ、だから、みんなが幸せになればいいのよ」

ベラは晴れやかに言って、修道院を出て、ダンジョンにもぐっていった。

数々のこじらせ令嬢を調教し、まっとうな人生に送り出したドナ院長。人々は親しみと尊敬をこめて、初代めん棒と呼んでいる。

4 追放する前に、考えようよ

ドナ院長の手腕により、こじらせた令嬢《れいじょう》たちは更生し、修道院《しゅうどういん》を卒業し、新たな人生に羽ばたいていくようになったわけだが。

「濡《ぬ》れ衣《ぎぬ》で追放されている令嬢もいるわけでしょう。追放自体を止《や》められればいいのに」

ざまぁ装置としての追放。物語として読むには、溜飲《りゅういん》が下がっていいかもしれないけれど。実際にやられかけた身としては、とんでもないことだ。同じ思いをする令嬢がいるなら、助けてあげたい。というより、濡れ衣の追放を阻止したい。ゾーイは考え込む。

「新しい女が出来たから捨てられる、のはまあ致し方ないけれど。追放されるいわれはないのよ。婚約解消すればいいだけよね。悪役令嬢とヒロインの戦いは、政争だと考えれば、負けた方が追放となるのも分からないこともないけど」

もうちょっと穏便《おんびん》に済ませられればいいのにな。

「他にどんなパターンがあったかしら」

ゾーイは記憶を掘り返す。

「聖女追放だと、元の聖女が実力を見比べられて、見掛け倒しの新聖女とすげ変えられるのよね。勇者パーティーから追放されるのも、それよね」

どうして、そんなに見下されるのかしら。能《のう》ある鷹《たか》は爪《つめ》を隠《かく》す、をしすぎたのかしら。

「謙遜《けんそん》しすぎずに、きちんと自分の実力を都度《つど》、開示していれば、見くびられることもない気がするわね」

誰にも言わず、縁《えん》の下《した》の力持ちでやっていて、ってのがいまいち共感しにくいような。

「言えばいいじゃないの、と思うのだけど。言えない何かがあるのかしら。でも、バイトの面接だって受験だって、自分の力はこれぐらいです、どうか受け入れてください、ってするじゃない」

専門の仕事で、きちんと自分の能力を示さないのは、うかつすぎないだろうか。性善説《せいぜんせつ》にのっとりすぎてやしないか。真面目《まじめ》に働いていれば、誰かが見てくれるって信じるのは、ねえ。

「顔がかわいければね、みんな見てくれるでしょうけどね」

身も蓋《ふた》もないけど、実際そうだと思う。進学校のカースト上位は、顔ではなく、頭だ。偏差値《へんさち》である程度カーストが決まっていた。でも、顔がよければ偏差値がそこそこでも、カースト上位にいることはできる。最強は、頭と顔がいい子。そういう選ばれし生徒は、教師からも生徒からも、常に注目される。

「貴族社会と進学校って似ているかもしれない。身分が高くて、顔がよければ、勝ちよね。上位にいる人は、見くびられないように価値を示し続ける。成り上がりを目指す身分が低い人は、もっとできると見せる」

今の立場を維持したい側と、下克上を狙いたい側の戦いではないか。殺伐としている。

「安易な追放と、追放された側が実は有能で国が傾く。これはお互い不幸だから、せめてここはなんとかしましょう」

一気に全てを解決するのは難しい。一つひとつ順番に、だ。早速エーミールに相談してみると、あっさりと、いいねと言われた。

「ゾーイ、兄上のときは本当にごめんね。傷ついたよね。犠牲者《ぎせいしゃ》を未然に防ごうとするゾーイの優しさは、皆に伝わるよ」

「いえ、あの。それほど高尚《こうしょう》な思いがあるわけでもないのですが」

モゴモゴするゾーイの手を、エーミールが優しく握《にぎ》る。

「ゾーイのそういうところ、好きだ」

ひーあー。恋愛経験値が低い初心者ゾーイにとって、エーミールの直球は平然とは受け止められない。マゴマゴする。ワタワタしているうちに、どんどん話が決まっていった。

＊＊＊

そうした、ゾーイによる冒険者たちの働き方改革は、さっそく効果を発揮しはじめた。

グレンツェール王国のとあるギルドがざわついている。有名な漆黒《しっこく》のカラスパーティーがもめているのだ。

「みんなも、この冊子読んだよね。ドナ院長のめん棒日記。報酬《ほうしゅう》はパーティーメンバー全員で平等に分けるべきだって。俺、後衛《こうえい》だけど、みんなの魔力量見ながら、回復魔法かけてんだよ。俺だってちゃんと報酬もらう権利があると思う」

「命張ってるのは前衛《ぜんえい》なんだから、前衛が多めにもらうのは当然じゃねえか」

パンパンパンッ　後ろの方から手を叩《たた》く音が聞こえた。

「素晴らしい。こういう開かれた議論ができることが、まず第一歩と言われている。さあ、別室で、メンバー全員でじっくり腹を割って話し合おうではないか。俺も参考までに同席させてもらう」

「ギルドマスター」

もめていたふたりは、ギルドマスターを振り返り、周囲の目に気づいて、お互い一歩離れる。

他のパーティーが興味津々《きょうみしんしん》に見守る中、漆黒のカラスパーティーメンバーは、別室にゾロゾロ入っていく。

ギルドマスターが座った五人を見渡して口を開く。

「漆黒のカラスは、前衛ふたりが三割ずつ、後衛三名が一割ずつ報酬を分け、残りの一割で食料などを買うんだったな」

「ごく一般的な分け方ですよ。俺たちが命張ってんだから、多めにもらうのは当然です」

「武器や防具代だってバカにならないんすから」

前衛ふたりが息巻くのを、後衛三人はドンヨリした目で眺める。

「前衛ふたりが一番危ない目に合ってるのは分かってます。だからと言って、俺たちを奴隷《どれい》扱いするのは納得できないっていうか」

「雑用は一切手伝わないもんね。私なんて、女ってだけで食事の準備全部任されちゃってさ」

「前衛ふたりの食べる分が、俺たち後衛三人より多い。それなのに食費は均等割《きんとうわ》りってのが納得いかない」

三人はボソボソとつぶやく。盾役《たてやく》の男が、ダンッと拳《こぶし》で机を叩いた。

「こまけえことぃいやがって。だったら、出ていけよ。後衛なんていくらでも代わりがいるんだからよ」

「分かった。出ていく。私たち他の前衛と組むわ。じゃね」

後衛三人は出ていく。前衛ふたりはギリギリと歯を食いしばり、ギルドマスターは腕組みをして考えている。

似たようなことが、色んなパーティーで発生した。メンバー交代があちこちで見られ、ギルドは混沌《こんとん》としている。ギルド職員は青ざめたが、ギルドマスターは動じない。

「こういうことが起こると予想されていた。ひとまず静観《せいかん》しよう」

ギルドマスターの言う通り、しばらくすると、元のメンバー同士でやり直すパーティーが散見されるように。漆黒のカラスもそのひとつだ。ギルドマスターは、五人を改めて会議室に招き入れる。

「さあ、何があったか話してくれないか」

「そうっすね。他の後衛と組んで、なんかしっくりこないっつーか。長年一緒に戦ってきた仲間って、連携《れんけい》が取りやすいって分かったっつーか」

「やっぱり俺らが食べすぎってのとか、雑用しないってのは指摘《してき》されて。そこは俺たちが直さなきゃいけないとこだなって気づいて」

前衛ふたりが頭をボリボリかくと、後衛三人がブンブンと首を振った。

「いや、あの、俺たちもよーく分かったんです」

「前衛は、食べるのが仕事なんだって。食べなきゃ筋肉が保てないし。魔物に向かっていくときの気力も、結局どれだけちゃんと食べたかで決まるって」

「分けた報酬のほとんどが食費に消えてるって、他のパーティーの前衛から聞いて。そんなの知らなくて」

五人は顔を見合わせて、照れ笑いをもらす。

「よかったよかった。雨降って地固まるとは、まさにこのことだ。報酬の分け方、仕事の分担なんかは、他のパーティーからも意見を募るから。そういうのを参考にしながら、話し合って決めればいいんじゃないか」

ギルドマスターがまとめると、五人は真面目な顔で頷《うなず》いた。

「ギルドマスターとしてはだな。メンバーが怪我《けが》なく、元気で長生きしてくれることが一番だから。問題があったら腹割って話し合って、改善していったらいいんじゃないかと思う」

様々《さまざま》な不和を乗り越え、少しずつ色んなパーティーが結束《けっそく》を固めていった。

＊＊＊

ゾーイは王宮の一室でとある令嬢と対面している。

「突然お呼びだてして、ごめんなさいね。直接お話ししたかったの」

令嬢は、ぎこちない笑顔を浮かべ、体をこわばらせたままだ。ゾーイは、なるべく優しく見えるよう、注意深く口角《こうかく》を上げる。悪役令嬢顔のゾーイ、真顔だと怖がられてしまいがちなのだ。

「追放が言い渡されたと聞きました。失礼ながらこちらで調べたところ、追放が妥当《だとう》と思えるほどの罪が、見当たりませんでした」

令嬢は小刻《こきざ》みに震《ふる》えながら、下を向いている。

「仲裁《ちゅうさい》に入ることも可能です。ぜひ、お話しいただけないかしら。ほら、私も断罪されてギリギリの瀬戸際《せとぎわ》でしたでしょう。ひとごととは思えませんのよ」

令嬢は顔を上げてゾーイを見つめる。涙がこぼれそうで、ゾーイは思わずハンカチを渡した。令嬢はハンカチを握《にぎ》りしめ、瞬《まばた》きもせずゾーイをヒタと見たまま口を開く。

「も、申し訳ございません。ご心配をおかけして。実は、私、冒険者になりたいんです」

「まあ」

ゾーイは言葉が続かない。

「父も、もちろん家族も承知の上なのです。私、子どもの頃から体を動かすことが好きで。何ものにも束縛《そくばく》されない冒険者に憧《あこが》れていて。でも、貴族女性が冒険者なんて無理じゃないですか」

「そうですわね」

「ですが、ゾーイ様のおかげで、私の夢が叶《かな》いそうとなったら、どうしても諦《あきら》めきれなくて」

「私のおかげ、ですか」

「ドナ院長の修道院です。あまたの冒険者を修道院から輩出《はいしゅつ》されているという、すご腕の院長。あの修道院に行けば、私の夢に近づけるのではと」

「あーー」

それは、想定していなかったー。まさか、ドナーズブートキャンプができるなんてー。頭を抱《かか》えているゾーイに、令嬢は頭を下げる。

「こんな大騒《おおさわ》ぎになるとは、私の見通しが甘かったです。申し訳ございません。実は、妹が私の婚約者《こんやくしゃ》と両想いでして。私は結婚より断然《だんぜん》、冒険者がよく。私が追放されて、妹と婚約者が家を継《つ》いでくれれば、それが一番だなと思ってしまった次第でございます」

「何も追放されなくても。体験入学などもできますよ」

「退路を断って行きたいのです。かっこいいから」

「いやいやいや。そんな潔《いさぎよ》さ、必要ありませんから」

ゾーイが必死で説得し、ドナーズブートキャンプ体験談を書くサクラというテイにして、令嬢は体験入学をすることになった。

「いつでも王都に戻れるように、手はずは整えておきますので」

「私、帰りませーん」

意気揚々《いきようよう》と旅立った令嬢は、本当に帰ってこなかった。水を得た魚。冒険者にめん棒。

それは楽しそうな、体験記が王都でひそやかに広がっていった。夏休みの体験入学など、後に続く令嬢が後を絶たなかったとか。

5　ピンク髪ヒロインに転生したけど、学園はピンク髪だらけでした

「皆さん、ごきげんよう。アリアナ・フェントレス。この、おそらく乙女《おとめ》ゲームと思われる世界の、ヒロインちゃんです」

ふはは。前世の記憶はちょっとしかないけど、数々たしなんだ乙ゲー転生を題材にした小説の記憶はうっすらある。ピンクの髪、水色の目、長いまつ毛、あり得ないほど細いウェスト、なのに垂《た》れてないイイ感じの胸、どんな変顔さえ愛くるしく変換されてしまうご尊顔《そんがん》。まさにザ・ヒロイン。

「この世界もヒロインの名前も、ちっともピンとこないわ」

ひとしきり脳みそを絞《しぼ》ってみたけど、なんにも手掛かりは思い出せなかった。

「ああ、神様。転生の神様。願わくば、他の転生者がいませんように」

あれ、萎《な》えるんだよねー。転生者いっぱい出てくると、なんか萎えませんか。だったら現代もの読みますけどって思いますよね。

それに、今から全力でヒロインを演じるのに、他の転生者、中身日本人がいたら、恥ずかしいじゃない。興《きょう》ざめもいいとこ。

「さあ、行きますか。乙ゲーの舞台、学園へ」

そう、今日は学園中等部の入学式なのだ。そして、ユリイカ。思い出したのです、前世を。驚い

て店のショーウィンドウのガラスに映《うつ》るヒロインの姿を見ながら、ひとりごとをつぶやいていたのだ。割と怪しい人だ。

アリアナは、シャキッと姿勢を正して、校門へ向かう。油断はしない。校門辺りでたいてい攻略対象者とご対面になりがち。あらゆるお約束をしっかと受け止め、きちんと向き合い、タイプでなければお断りする所存だ。

「せっかくの容貌《ようぼう》を活《い》かして逆ハーでウハウハってのもいいけど」

それに憧れないといったらウソになるだろう。モテて、みたい。ええ、それはもう。

「でも、そうすると、絶対に全女子から総スカンにあうと思うんだよね」

欲張りあざといぶりっ子は嫌われる。そして、女子を敵に回すと、楽しい学園生活がめんどくさいことになる。女子の嫉妬《しっと》は怖いよ。悪口で盛り上がるときの女子の団結力はすごいよ。

あの、みんなの敵認定された子をこき下ろすときの、女子の口の回りの良さたるや。国際弁論大会に出たら、優勝できるレベルだ。

「だから、誠意をもってお話しをして、誰かひとりに決めます」

モテると分かっている学園生活、なんて楽しみなのかしら。

足取り軽く校門を通過し、学園からの手紙に書いてあった教室に行き、ドキドキしながら窓際の席に座った。

「なんにも起こらなかった」

無風である。

「おかしい」

アリアナはじっくりとクラスメイトを観察してみた。

「なにっ」

女子のピンクブロンド髪比率の高いことよ。しかも、どの子も顔面偏差値が超高い。

アリアナは混乱した。え、これ全員転生者なの？　それってどんな地獄？

アリアナは勇気を出して、隣の席の女の子に話しかけてみる。

「あの、どうしてピンクブロンドの髪が多いんだっけ」

「ピンク髪学費割引き制度があるからよ。王太子妃のゾーイ様がね、学園でピンク髪令嬢にたいへんな目にあわされたんですって」

「それが、どうして学費割引きって話につながるの？」

ピンク髪狩りになりそうなものなのに。

「ピンク髪がひとりだと、目立ってそこに男性生徒が集中しちゃうんだけど。いっぱいいたら分散するじゃない。他の髪色の方が目立ってモテるしね。お金のない子はピンク髪に染めて、お金のある子は違う色にするのよ」

うわー、それ王太子妃が悪役令嬢転生だったヤツー。しかも、すっごい有能な気配濃厚ー。視界に入らないように気をつけなきゃ。

アリアナの、逆ハーを一瞬楽しんで、すぐタイプのイケメンと両想いウキウキ転生ライフ計画は、終わった。前世を思い出した数分後に、終わった。

呆然《ぼうぜん》としていると、成人男性が入って来る。紫髪クールメガネ、攻略対象の教師枠に間違いない。

あれ、ちょっと待って。これってもしかして、ありなのでは。

ピンク髪で埋没《まいぼつ》するから、むこうから迫られず、じっくりと攻略対象を観察できるじゃない。逆ハーは諦めるとして、イケメンをひとりぐらいは落とせるんじゃないのかしら。

アリアナはがぜん元気になって、担任を眺める。

教師でメガネかー。アリアナは、控えめに言っても、好き。はー、我、チョロインなり。クールなツンデレ、いいよなー。アリアナは、先生とのあんなことやこんなことを好きなだけ妄想《もうそう》した。

おかげで、何も頭に入らないまま、最初の説明会が終わった。

アリアナは隣《となり》の席のピンク髪、マリリンとすっかり意気投合して、ふたりで盛り上がる。

「先生、かっこいいね」

「メガネ男子って萌《も》えるよね」

「疲れてメガネ取って、眉間をギュッて指で押すの、スキー」

「分かるー」

ピンク髪がどんどん集まってくる。もう、バレンタインデーの花屋並みのキラキラさだ。蜂《はち》に群《む》がられてもおかしくない扇情感《せんじょうかん》。

「他にどんな素敵な殿方《とのがた》がいるのかしら」

「まずはカイル王子殿下《でんか》ね」

「髪はまさか赤色？」

「いいえ、殿下は黒髪。赤髪は騎士団長のご子息マヌエル様ね」

「ありがち」

ピンクちゃんたちに不思議そうに見られて、アリアナは慌てて笑ってごまかす。

「あははー。えーっと、青髪と緑髪もいる？」

「もちろんよ、青髪は最年少で魔道士団に入ったルーカス様」

「緑髪は生徒会長のセドリック様」

「銀髪は？」

「銀髪？　見たことないわね」

ははーん、隠《かく》しキャラですね。楽しみー。アリアナがニマニマしていると、甲高《かんだか》い声が聞こえた。

「あなたたち、早く移動しないと、次の授業に間に合いませんわよ」

豊かな赤紫髪の縦ロール。つり目でちょっとキツそうな顔だけど、極上のボディを持ってらっしゃる。悪役令嬢さまやー。アリアナのテンションは爆上がり。かわいいー。ツンデレー。

「お、お名前を、教えてくださいい、お姫さま」

名前を聞いて、できればお近づきになって、悪役令嬢の恋路を見届けたあと、自分の恋愛にいそしみたい。悪役令嬢の邪魔《じゃま》したら、王太子妃にヤラれる気がするし。

「まあ、この学園にわたくしの名を知らない生徒がいるなんて」

縦ロールがブルンブルン揺《ゆ》れている。ははあ、これがドリル仕草かー。アリアナが呑気《のんき》に見とれていると、マリリンがひじでつついてきた。

「あのー、えー、公爵令嬢《こうしやくれいじよう》の？　エリザベス様？」

「あら、知ってるじゃないの。エリザベス・ヴィーラーンよ」

当たりましたー。まんまー。

「身分が随分《ずいぶん》違いますが。お友だちになってください」

ビシッとアリアナは頭を下げる。沈黙がしんしんとアリアナの背中に降り積もる。

「おもしろい方ね、あなた。よろしくてよ。お友だちになりましょう」

「やったー、みんな、やったよ。みんなでエリザベス様をお守りするわよ」

アリアナは有無を言わさず、他のピンクたちを巻き込んだ。呆気《あつけ》に取られながらも、ピンクたちは頷《うなず》く。こうして、赤紫髪令嬢エリザベスを取り囲むピンク集団が出来上がった。完璧《かんぺき》な布陣《ふじん》である。

赤紫とピンクで廊下《ろうか》を移動しながら、早速アリアナは詮索《せんさく》を開始する。

「エリザベス様の婚約者は、黒髪殿下ですか？」

「そう、カイル王子殿下よ」

ふむふむ、なるほど。では、黒髪には近寄らないことにしよう。でも、さっきのあの表情、さては殿下とうまくいってないんだな。

「エリザベス様の護衛《ごえい》もしくは馬丁《ばてい》に銀髪男子はいますか？」

ピタッとエリザベスの歩みが止まる。鋭い目で見つめられ、アリアナは息をのんだ。地雷、踏みましたか？

「あなた、ノアの何を知っているの？」

「何も知りません。知りませんけど、エリザベス様とお似合いだなーと」

「まあ」

エリザベスが真《ま》っ赤《か》になった。こんな無茶な理論でポッとなるって、あんたがチョロインだよ。アリアナは思った。これがきっかけで、アリアナはエリザベスの懐《ふところ》にもぐりこめたのであった。

公爵令嬢エリザベスの威光《いこう》をガンガン使い、アリアナたちピンクは充実した学園生活を送っている。ピンクといえば、尻軽《しりがる》で貧乏というありがちな偏見《へんけん》も、エリザベスの縦ロールで吹き飛ばす。

「それで、エリー様は銀髪で馬丁《ばてぃ》のノアさんと、どこまでいきましたかー？」

そんなあけすけな質問ができる仲にもなっている。デバガメ風味を出せば出すほど、エリザベスが喜ぶのだ。アリアナはどんどん聞いちゃう。

「ノアと乗馬に行ったの」

クフフと笑うエリザベスは、普通にかわいい。教室中がほっこりする。

「エリー様、さっさと殿下と婚約解消しませんと。エリー様の身代わりになれる女性が必要ね。誰か、我こそはってピンクはいないの？」

アリアナのあおりに、教室中のピンクがサッと目をそらす。

「アリアナがいけばいいんじゃないかしら。手続きが簡単に済《す》みますわ」

「エリー様、私が王族になったら、国が傾《かたむ》きますよ。それに、あんなめんどくさ、ではなく、責任の重い立場、絶対ムリです。公務とかお茶会とか、ぶっちゃけイヤー」

「分かる」

「分かりすぎる」

頷くピンクたち。みんな、若いときの貴重な時間をお妃《きさき》教育に費《つい》やすなんて、とんでもないって意見が一致《いっち》している。

「わたくし、暇《ひま》ですから後ろ盾になりますわよ。相談役として、妃殿下を支えることもできてよ」

「えっ、本当ですか？」

「エリー様が支えてくださるなら、できるかも？」

「カイル殿下は素敵ですし」

「身分が足りなければ、ヴィーラーン公爵家《こうしやくけ》に養女として迎えますわ。わたくしの妹ですわね」

ピンクたちの目がギラリと光る。

「はいはいはーい、私やりまーす」

「えー私も私もー」

アリアナは興奮したピンクたちに声をかける。

「みんな、落ち着いて。カイル殿下と王家の意向を聞かないことには、始まらないわ」

「そうでした」

「まずは父と、そして殿下と陛下にご相談してみますね」

エリザベスが凛《りん》とした表情で言った。

チョロイン、エリザベスの父もチョロかった。愛娘《まなむすめ》の涙まじりの熱弁に、公爵は折れた。

「王家と話をしてくる」

悲壮《ひそう》な決意を浮かべ、キリッと王宮に向かう。ところが、カイル王子も大丈夫だった。

「隣国《りんごく》の王女に惹《ひ》かれているのだ。もし、エリザベスが気にしないなら。婚約は解消させてもらいたい」

「お願いします！」

サクサクと物事が進み、エリザベスは晴れて馬丁のノアと結ばれる。

「うーん、姉様がかわいい」

「同意」

アリアナといえば、エリザベスの弟エリオットとつきあっている。ふたりとも、趣味《しゅみ》がエリザベスを愛《め》でること。そして、エリオットの顔はアリアナの好みのど真ん中だった。

「ピンク髪ヒロインに転生したけど、私、幸せです」

アリアナは転生の神様に感謝の祈りを捧《ささ》げた。

6 勇者召喚は誘拐と同じなんですよ

ゾーイとエーミールは夜会にて他国の外交官に囲まれている。次の国王と王妃《おうひ》に最も近いふたりだ。できれば顔を覚えてもらいたい。あわよくば自国に訪れてもらいたい。そんな思惑がムンムンしている。

「まあ、勇者召喚《しょうかん》ですか」

「ええ、魔王や狂暴《きょうぼう》な魔物が出た場合は、勇者を召喚しているのですよ」

外交官の言葉に、ゾーイは目を丸くする。

「勇者はどこから来るのですか？」

「様々ですが、地球という国の日本という地域からが多いですね」

「まああ」

同胞《どうほう》が、ピザでも頼むかのように軽いノリで召喚されていると知り、ゾーイは愕然《がくぜん》とした。

「あの、召喚というと、なんだか聞こえがいいですけれど。実質は誘拐《ゆうかい》ですわよね」

外交官はサッと目を自分の手にある飲み物に集中する。そこは深く追求しないでいただきたい、そんな雰囲気がありありと出ている。

「自国の地元の冒険者や、国の騎士団でなんとかできないのでしょうか？」

ゾーイは追及《ついきゅう》の手を緩《ゆる》めない。おっとりと微笑《ほほえ》みながら、じっと外交官の目をとらえる。

「もちろんもちろん。自力でなんとかしようと努めております。ですがですね、召喚すると神のご加護がもらえるらしく、強大な魔力を持つのですよ、勇者は。はい」

「それにです。かの国では、勇者召喚が流行しているらしいです。召喚すると、よっしゃーと雄《お》たけびをあげる勇者もいるぐらいでして」

「そうそう。たいてい前向きでやる気に満ちあふれています。ただねえ、日本の方はいいのですが。他の地域の方は、なかなか」

外交官たちが顔を見合わせて、半笑いになる。

「前回は、我が国ではラテーンという地域の勇者を引き当てたのですがね」

「あぁー」

そこで外交官たちが頭に手を当てる。

「ラテーンの方は、とても自由ですね。驚《おどろ》きました。まず、説明をまったく聞いてくれないですね。そして、いざ討伐《とうばつ》に出たとして、即座に消えてしまうのです。必死で追いかけますと、街で女性に声をかけていたり」

「娼館でお楽しみ中のラテーンの勇者もいました」

「パーティー仲間が必死に連れ出すとですね。なんだよつまんねえな、じゃあ、君とつきあうか。なんて言って、パーティー仲間を押し倒したり」

「とにかく、四六時中、女性を褒《ほ》めたたえるか口説《くど》いてますね。魔物と対峙《たいじ》しているときでもおかまいなし。ねえ、このヘビ倒したら、デートしようね。ご褒美《ほうび》ね。といった感じです」

外交官たちが困り果てた顔をしている。

「我が国では、ドイチュラーンの勇者を召喚したのですが」

「おお、聞いたことがあります。非常に有能で体格もいいとか」

「そうなんですがね。参りました。契約書を締結《ていけつ》するまでは、絶対に動かないんですよ」

「勇者と契約書を交《か》わすのですか?」

ゾーイは、それは新しいな、興味深いと身を乗り出す。

「我々も驚きました。ドイチュラーンでは、何事も文章にしないと進まないそうです。しかも、本当に、もうっ細かくてですね」

トホホと言った様子で外交官が涙目になる。

「勤務時間は週四十時間。週末は完全にお休み。有給休暇は年に三十日以上。残業したらその分を有給休暇に上乗せ。給与交渉《きゆうよこうしよう》も厳しく、我々たじたじでございましたです、はい」

「まあ、しっかりしていらっしゃるのね。とてもいいことのように思いますけれど」

ゾーイは微笑《ほほえ》む。地球人がガッツリ交渉しているのは、いいことではないか。

「そうです、その通りです。ただねえ、ドイチュラーンの方はふるさとのパンに並々ならぬ思い入れがあるらしく。こんなパンじゃ戦えねえってダダをこねられるんですね」

「なるほど、だから貴国は様々《さまざま》なパンがあるのですね。茶色くて酸っぱいパンとか、木の実がいっぱい入ったパンとか」

「ええ、途中から討伐が止まりましてね。パン職人を集めて、勇者を囲んで試食会ですよ。こんなんじゃねえってテーブルをひっくり返されましてねえ。職人たちも意地がありますから。最終的には勇者の口に合うパンができましたが。いやあ、あれは大変でしたな」

ははは、外交官は乾いた笑いを漏らし、遠い目をした。

「キーナーの地域の方は、日本の方と似ているのですが。彼らも食は絶対妥協《だきょう》しないのですよ。大量の小麦粉を運びましてね。毎食、小麦粉から麺《めん》を作ったりね。小麦粉から薄い丸い生地を作って、その中に肉や野菜を入れて茹《ゆ》でたりね」

「おいしそうですわね」

「おいしいらしいですよ。調味料もたっぷり持って行き、本格的な料理を作ってくれるのですよ。キーナーの勇者は皆さん、料理が上手で手際がいい。パーティー仲間が絶賛《ぜっさん》しておりました」

「髪が黒くて、顔が平たい種族の方たちは、たいてい真面目《まじめ》で働き者ですね」

ほほう、アジア人が褒《ほ》められているっぽい。ゾーイは嬉《うれ》しくなる。

「フィリペーンの方は、歌がうまい」

「ターイラーンの方は、ずっとニコニコしてる」

「ビーテナーメンの方は、怒ると怖《こわ》い」

み、みんなよく見てるな。ゾーイはドキドキする。

「色んな地域から勇者が来ましたが。結局、ニホーンが一番です」

「ニホーンの勇者すごいです」

「文句言わないし、静か」

「多くを求めないし、理解力が高い」

「多少無茶な要求をしても、黙《だま》ってやってくれる」

「ニホーン、最高ー」

これほど嬉しくない日本最高がいまだかつてあっただろうか。いや、ない。

ブワッ、ゾーイの感情が揺《ゆ》れた。行きたかった大学にやっと受かって、気づいたら断罪の場にいたこと。もう会えないじいちゃんとアキちゃんのこと。帰りたいけど、こっちの家族やエーミールとも離れがたいこと。心と体が引《ひ》き裂《さ》かれるような。こっちにいると覚悟を決めた、罪悪感もあったり。夢見ていた未来が、ペシャンと巨大な手に押しつぶされた虚無感《きよむかん》。好き勝手に召喚され、便利使いされている勇者と自分が重なり合った。

ゾーイは舌を噛《か》んで上を向く。こうすると涙が止まるのだ。エーミールがさりげなくゾーイの顔を人の目から隠《かく》してくれる。ゾーイは何度も瞬《まばた》きして、涙を蒸発《じようはつ》させる。消えなかった涙は、エーミールがこっそり拭《ふ》いてくれた。

ゾーイは何度も深呼吸を繰り返す。笑顔笑顔。あの弥勒菩薩《みろくぼさつ》のごとき半笑いだ。ギリギリギリ、ゾーイは無理矢理口角を上げる。エーミールが心配そうにゾーイの手を握《にぎ》ってくれた。ゾーイは落ち着いた口調で提案する。

「おもてなしの、基準を決めませんか」

外交官が怪訝《けげん》な顔をしてゾーイの言葉を待つ。

「基本給と成果報酬。労働時間。勇者パーティーの人員選定基準。討伐上限年数。病気やケガのときの保障。討伐終了後の生活保障。装備や旅の支援」

外交官がソワソワしているので、ゾーイは満面の笑みでダメ押しをする。

「国の一大事を異国の方に押し付けるのですもの。これぐらいは最低限でしょう。国賓《こくひん》としてもてなすべきではありませんか」

「そうだね。もし我が国の民が勇者召喚されたら、それぐらいの待遇《たいぐう》は受けてほしいな」

エーミールがゾーイを後押しする。

「私、何かの文献《ぶんけん》で読みましたの。日本の方は我慢強《がまんづよ》く文句を言わない。胸の内に不満をため込む。そして、ある日、ドカーンと火山のように噴火《ふんか》するそうです。勇者の力は強大ですもの。国のひとつやふたつ、滅《ほろ》ぼすのは簡単でしょうね」

外交官がやっと真剣な目になった。ゾーイはニッコリ微笑みながらたたみかける。

「皆様と一緒に、基準《きじゅん》を決めましょうね。僭越《せんえつ》ながら、我が国の代表は私がさせていただきます」

ゾーイは強引に外交官と打ち合わせの日程を決める。

「きちんと決まるまで、勇者召喚は見合わせましょうね。ね」

グレンツェール王国の次期王妃はたいそう慈悲深《じひぶか》いお方だ。そんな評判《ひょうばん》が各国に広まった。

7 勇者パーティーのハーレム要員ハーフエルフに転生したんだけど、もう辞めさせてくれないか

「勇者きたよー」

「きたかー、どこの国?」

「ニホーンから、バーバリアン王国ね」

「よっしゃ、ニホーン人。いいね、どれどれ、見せて」

みんなで召喚《しょうかん》の間につながっている泉をのぞきこむ。ほっそりした黒髪の、生真面目《きまじめ》そうな男子がポカンと口を開けているのが映《うつ》った。

「ああ、うん。素直そうでいいんじゃない。大学生ぐらいかな」

「陰《いん》キャの僕が異世界転移して勇者になったらモテモテなんだが、系ね」

「あれ、俺なんかやっちゃいましたか、チラッチラッ、ね」

「楽勝ね。清純聖女《せいじゅんせいじょ》はわたし行くー。今月買いたいものがあるから」

「ニホーン人は、猫耳だよね。獣人《じゅうじん》枠は、私ね」

「じゃあ、ちびっ子枠《わく》はアタシね。カタコト幼児語なら任せてほしいでしゅ」

「ギャー、幼児語はやめろー。かゆくて肌がブツブツになるー」

部屋中の屈強《くっきょう》な女子たちから物が投げられた。

「だって、ニホーン男子、幼児語好きじゃん」

「マジで、やめて。無理だから。あんたが幼児語やるなら、私は語尾にニャンつけるニャン」

「ひー、やめんかー。耐えられんー」

部屋を色んな魔法がうずまいた。ひとしきり、みんなが暴れてから、聖女が言う。

「エロ要員は、マリカでいいよね。同じニホーン人だし」

「いやだー、もう日本男子はいやだー」

マリカは首をブンブン振る。マリカの豊満な胸が、ブルブル震えた。

「ええー、ニホーン男子、いいじゃーん。素直で真面目だし」

「礼儀正しいし。いきなり押し倒してきたりしないし。大体モジモジして、こっちから行くのを待ってるだけじゃん」

「胸元《むなもと》の開いた服さえ着てりゃ満足っぽいし。とりあえず谷間見せて、超ミニ履《は》いてれば嬉《うれ》しそうだもんね」

「こんな服装で旅に出られるとでも、って感じだけどね。肌見せた服で野営ができるかっつーの」

「なんだっけ、うっすらスケベだっけか？」

「むっつりスケベな」

マリカは冷静に訂正《ていせい》する。

「それだ。でもいいじゃん。これがさー、ラテン系の国の転移者だとさー、もう、ずーっとグイグイグイグイくるじゃん。仕事になんないじゃん」

「全力で口説《くど》いてくるもんね。口を開けば口説き文句だもんね。疲れるよね」

「その点、ニホーン人男子は真面目だもん。きっちり魔物討伐《とうばつ》してくれるじゃん。谷間見せてりゃ張り切るしさ」

「教育制度が整《ととの》ってるから、平均知能が高いしね」

「読み書き計算が全員できるって、すごいよ」

「休みなく毎日討伐でも、文句言わないもんね。社畜魂《しやちくだましい》だね」

褒《ほ》められているような、けなされているような、いや、やっぱり褒められている。同胞が異世界人からもろ手を挙《あ》げて受け入れられているのは、マリカにとっても嬉しい。でもさ、でもでも。

「いたいけな陰キャの日本男子をダマすのは、もうやーだー」

マリカは絶叫《ぜつきよう》した。

マリカは転生者だ。ごく普通の社会人が、死んじゃって、目が覚めたら白い世界にいたってアレだ。そして、転生の神様に「勇者パーティーのハーレム要員やってね」って言われたのだ。「普段なら転生者には声はかけないんだけど。あなたのおせっかい気質が気に入ったのでね」って強引に就職先を決められたのだ。

召喚された勇者の力は抜群《ばつぐん》で、異世界の問題をサクッと解決できる。勇者をつつがなく歓待《かんたい》するためのハーレム要員が、この世界には必要らしい。

妖艶《ようえん》なハーフエルフで、魔法が使えて、同僚《どうりよう》も気持ちのいいやつらばっかり。転生してきた当初は、そうでもなかったんだけど、今は給与《きゅうよ》も休暇《きゅうか》もきっちりあって福利厚生《ふくりこうせい》もバッチリ。転生者らしいゾーイ王太子妃《おうたいしひ》が各国と掛《か》け合《あ》って、バリバリ待遇《たいぐう》を改善してくれている。転生できて、よかったなって思っている。だけど、純情で不器用な日本男子をそそのかして、その気にさせて魔物討伐の旅に連れて行くのは、心が痛い。

「だって、茶番《ちゃばん》なんだもん。全部、演技じゃん」

「あらら、マリカったら。今さら何をウブなことを」

「どうしたのよ。もうディスるのはやめたの？　よく吠《ほ》えてたじゃん」

「お前ら、よく考えろ。ニホーンで陰キャでモテなかったヤツが、異世界に来てモテると本気で思ってんのかーって」

ねえー。みんなの声が揃《そろ》う。

「うっ」

マリカはうなだれる。

「異世界転生して、美人のハーフエルフになって、調子に乗っていた。許してほしい」

「真面目か」

皆から突っ込みが入る。

「深く考えなくていいじゃーん。今や、異世界転生はニホーンだけじゃなくって、色んな国で流行《はや》ってるらしいじゃない。どの国の子も、ノリノリだもんね。待ってましたって感じだよね」

「元の世界に帰してくれーって泣《な》き叫《さけ》ばれるよりはさ、いいじゃない。楽しんでもらえるように、こっちも全力で盛り上げようって思えるじゃない」

「まあ、そうなんだけどさ。でもさ、オドオドモジモジしてた子がさ、だんだんスレてきちゃってさ。討伐が終わったら、王都でハーレム作るとか堂々と言うようになるとさ。ああああー、ってなる」

マリカの嘆《なげ》きは、あまり受け入れられなかった。

「そうなるってことは、元々そういう素養があったってことだから」

「かぶってた猫がはがれたってことで」

「勇者のハーレムだったら入ってもいいっかなって女子もいるわけだし」

「利害の一致ということで」

「大人なんだし、いいじゃないの」

身も蓋《ふた》も、ニべもない。

「大学生は、日本ではまだ子どもの枠なんだってばー」

「こっちでは成人だからねえ。仕方ないわよねえ」

ウダウダ言っているマリカを、今回の勇者パーティー仲間が転移陣《てんいじん》にズリズリ引きずっていく。

「やーだー」

往生際《おうじょうぎわ》の悪いマリカの口に、マリカの長い三つ編みが押し込まれた。つき合いが長いので、みんな遠慮がない。

「さーて、今回の勇者ちゃんは、誰をロックオンするかなー」

聖女がニヤニヤと、清純という言葉からは程遠い笑みを浮かべる。

毎回、清純、獣人、妖艶、ちびっ子と、勇者の好みを幅広く受け止められるようなメンバー構成にしているのだ。年齢は、詐称《さしょう》しまくっているが、みんな大分年上なのだが、それはそれ。バレなきゃいいのだ。

スレまくった女たち。勇者サトシといざ旅をするようになると、徐々にほだされていった。

「歴代一位の健気《けなげ》さ。なんだこのかわいい生き物は」

野営が多い勇者の旅。慣れていないし疲れるだろうに、朝誰よりも早く起き、焚《た》き火《び》をおこし、湯を沸《わ》かしてくれる。

「朝起きてすぐ、温かいものが飲めると、目が覚めるかなと思って」

なんて、できた子なのー。推《お》せるー。すれっからしの女たち、割とチョロい。

「サトシは、どうしてそんなに気が利《き》くのよ」

「姉がいるんですよ。姉に鍛《きた》えられました」

ああー、なるほどねー。姉って暴君《ぼうくん》だもんねー。みんなが納得する。

サトシのウブなところも、いいのだ。

「あのー、目のやり場に困るので、胸元と脚《あし》は隠《かく》してもらえないですか。どうしても、見ちゃうんで」

「あ、はい。変なもん見せて、すみませんでしたー」

ちょっと頬《ほお》を赤らめて言うサトシ。全員、即座に肌を隠した。

「ねえねえ、サトシはさ。彼女とかいるの？」

「幼馴染《おさななじみ》の子がずっと好きだったんですけど。ただの片思いです」

くうー、帰してやりてー。お姉さんたちは、こっそり涙を拭う。サトシが川で体を洗ってるとき、女たちはコソコソと話し合う。

「ねー、神様にさー、みんなで頼んでみない？」

「サトシを帰す方法があるといいよね。幼馴染と家族の元に帰してあげたいよね」

「じゃあ、ダメ元で、頼んでみよう」

今まで、召喚した勇者を帰した事例はない。どの勇者も、異世界でハーレムを作るのに夢中で、帰りたいと言わなかったのだ。

四人で座禅《ざぜん》を組み、瞑想《めいそう》状態で神様と交信する。

「えー、テステス。ああ、かみさまー、聞こえますかー」

「サトシ、めっちゃいい子」

「かわいそう。帰したげて」

「いや、もちろんサトシがさ、こっちでハーレム作るってんならいいんだけどさ」

「ハーレムより幼馴染ってなったら、帰してあげたいじゃない」

「うんうん、ああ、なるほどね。転生だと難しいけど、転移だから帰せないこともないかなって感じと。魔力がいっぱいいると。わかったー、はーい」

パチリと皆が目を開ける。

「いけるな」

「うちらの本気、見せるか」

「やったんでー」

「サトシを幸せにー」

それから、勇者パーティーは、怒涛《どとう》の快進撃を見せた。魔物を狩りまくり、魔王を倒しまくり、悪しき国王を王座から引きずりおろし、奴隷《どれい》を解放し、税金の上限を決めた。

勇者パーティーは、民の大歓声を受けながら、王都に戻る。

「サトシ、おつかれ」

「長旅、よくがんばったね」

「さあ、望みを言いなさい。お姉さんたちが叶《かな》えてあげるよ」

「異世界ハーレムか、日本で幼馴染か。どっちがいい？」

四人は母親のような愛情たっぷりの目でサトシを見つめる。サトシはポリポリと頬をかく。

「えーっと。異世界で幼馴染がいいかな。だって、マリカさんは、マリちゃんだよね？」

ビィーン！　マリカの脳みそに、昔々、遊んであげていた少年の記憶がよみがえった。

「ええー、さっちゃんなのー」

「そうー」

「うそー、大きくなったねー」

「マリちゃんは、変わってないね。あ、中身がね。よく、もうやーだーって言ってた」

「ぐわー」

マリカは頭を抱《かか》えてうずくまる。サトシもうずくまって、マリカの顔をのぞきこんだ。

「僕と結婚してよ、マリちゃん。昔、約束したよね」

「したけど、私、めっちゃ年上だよ」

「四つぐらい、なんてことないよ」

「いや、転生してから、かれこれ何十年」

「大丈夫、会えて嬉しい」

「あざといー、うちのさっちゃんがあざといー」

わーパチパチパチ。目を丸くして眺《なが》めていた三人が、泣きながら拍手喝采《はくしゅかっさい》する。

「おめでとう」

「次元とか世界線とか時間とか」

「色々超越《ちょうえつ》して、結ばれた、純愛」

推せるわー。珍しく、ハーレムではなくひとりの女性を選んで愛しぬいた勇者サトシ。一途《いちず》な純愛好きの民から、抜群の人気を集め続けたのであった。

8 勇者召喚されたら大好きなお姉さんに再会した僕の話

僕の姉ちゃんは、暴君《ぼうくん》なんだけど。マリちゃんに言わせるとそうではないらしい。

「さっちゃん、アカネちゃんはね、さっちゃんのことが大好きなんだよ」

姉ちゃんにいじめられてしょんぼりしていると、マリちゃんがしょっちゅうなぐさめてくれる。

「そうかな。僕、召使《めしつか》いみたいになってるんだけど。姉ちゃんすぐ、僕に命令するんだ」

「それはね、愛のムチだよ。ね」

愛のムチってなんだろう。分からなかったけど、マリちゃんが頭をポンッと軽く叩《たた》いてくれたので、いいかと思った。

姉ちゃんはあれこれ命令するけど、いざ僕が他の子に偉《えら》そうにされていると、すごく怒る。僕は体があまり強くなくて。すぐ風邪《かぜ》をひくし、冬になると喘息《ぜんそく》でゼイゼイヒューヒューするし。食べられないものがたくさんある。無理に食べると、体にブツブツとか赤い点々ができる。

体育は休みがちだし、給食《きゅうしょく》は食べられないものが多い。

「弱虫」

「甘えん坊」

「もやし」

そんな風《ふう》に言われても、何も言い返せない。

「コラー」

そんなとき、どこからともなく、姉ちゃんがものすごく速く走ってくる。三枚のお札のヤマンバみたいな顔で、男子をにらみつける。

「あんたたち、サトシをいじめていいと思ってんの。サトシはね、私の弟なの。サトシを泣かせていいのは、私だけなの。分かった？」

小学校では年上には絶対逆らえない。男子たちは悔《くや》しそうに帰っていく。

「姉ちゃんにかばわれてやんの」

「よっわ」

「ダッサ」

そんなことをボソッと言って。

「コラー」

姉ちゃんが叫《さけ》ぶと、男子はひゃっと悲鳴《ひめい》を上げて逃げていく。

「サトシ、なんで言い返さないの」

「だって」

「アカネちゃーん、さっちゃーん」

姉ちゃんが僕に怒り始めると、マリちゃんが来てくれる。

「ね、うちでゲームしようよ」

「いくー」

マリちゃんが僕の姉ちゃんならいいのに。何度そう思ったか分からない。マリちゃんは、僕が喘息でゼイゼイしていると、いつまでも背中をさすってくれる。

姉ちゃんは「早く吸入薬《きゅうにゅうやく》を使いなさいよ」ってジロッと見る。うん、でも、夜中にゼイゼイしてると、姉ちゃんも背中さすってくれたっけ。そっか、姉ちゃんは僕のこと嫌《きら》いじゃないのか。

でもやっぱり、マリちゃんみたいに優しい姉ちゃんがよかったな。こっそり思ってしまう。

僕が中学生の頃、マリちゃんは引っ越してしまった。それ以来、疎遠《そえん》になったんだけど。なんとなく、いつも、誰かにマリちゃんの面影《おもかげ》を探していた気がする。初恋だったから。

僕には姉が三人いるんだけど。僕が大学生のとき、一番上の姉が赤ちゃん抱えて家に出戻ってきた。

「実家、最高だわ。いちいち言わなくても、みんなが子どもの面倒見てくれるし。ゆっくり寝られるし。まったく、あいつは、役に立たなかった」

姉の結婚相手は、仕事のできるシュッとした感じの人なんだけど。家では能無しらしい。長姉《ちょうし》は僕に訓戒《くんかい》を垂《た》れ流《なが》すようになった。

「たとえどんなに仕事で疲《つか》れていようが。家に帰ってすぐソファーに座って携帯《けいたい》を見るな。いいか。ただいまの後は、子どもをお風呂《ふろ》に入れようか？　子どもの面倒《めんどう》は俺が見るから、ちょっとゆっくりしてなよ、だ。いいな」

「はい」

姉たちに逆《さか》らっても意味がないことは、もう十二分に知っている。

「大人相手の仕事と、子どもを一日中見てるのだと、子どもの世話の方が何億倍きついの。理屈《りくつ》が通らないから。大人はお腹が空《す》いたからって、泣きわめかないだろう」

「そうだね」

甥《おい》っ子《こ》に哺乳瓶《ほにゅうびん》でミルクをあげながら、答える。甥っ子は、寝てるか、泣いてるかだ。そりゃ、長姉の眉間《みけん》にくっきりシワが入るわけだ。

しばらくして、長姉の結婚相手が家に迎えに来た。長姉は玄関で淡々《たんたん》と話していた。

「あんたは気持ちよく出しただけで父親になれたけどさ。私は妊娠《にんしん》してからずっと好きな酒も飲まず、お腹の中に爆弾抱えてるみたいな気持ちで、薄氷《はくひょう》を踏《ふ》む思いで生きてきたわけ」

「ごめん」

義兄《ぎけい》は悲壮《ひそう》な顔をして謝る。

「子育てなんて初めてだから、この子をなんとか生かし続けようと必死なわけ。授乳《じゅにゅう》とオムツ替えの永久コンボでろくに寝られてないのよ。あんたはさ、なんも変わってないじゃない。働いてさ、家帰ってボヘーッてしてさ、ゲームしてさ、夜はグーグー寝て。なんなの」

「ごめん。これからは心入れ替えるから」

「ぜんっぜん信用できない。私が仕事復帰《ふっき》したら、家事も育児も学校回りのことも、全部私ひとりでやるハメになる気がする。あんたは、仕事だけでヒーヒー言ってるけどさ」

「家事、俺が全部やるから。食洗機《しょくせんき》、乾燥機《かんそうき》、ロボット掃除機も、もう買ってある。食事は、総菜《そうざい》とか出前とか外食が多くなると思うけど。努力するから、帰ってきてください」

こっそりのぞいていた、母と姉二人がうんうんと満足げに頷《うなず》いている。長姉は、ひとしきりブツブツ文句を言ったあと、仕方ねーなと子どもを連れて帰っていった。

「あの子、なんだかんだ言って、いい相手をみつけたわね」

「姉ちゃん、調教《ちょうきょう》するのうまいもんね。最初に強烈《きょうれつ》なパンチをかますのがいいのね。私もがんばろーっと」

「最新家電は必須《ひっす》だね。文明の利器を駆使《くし》して、家事を時短《じたん》しないとね」

僕は父とふたりで息をひそめていた。視界に入ったら、また訓戒を垂れ流される。

こうして、女性を怒らせない秘訣《ひけつ》を身につけたのだけど。それが、異世界でこんなに役に立つとは思わなかった。

夜のご商売の方ですかって聞きたくなるような、うっすいペラペラの服を着た異世界の女性たち。水着なみに体の線がくっきり見えて、目のやり場に困りすぎる。耐《た》えかねて、肌を隠してって頼んだら、女性たちの僕を見る目が優《やさ》しくなった。

野営《やえい》の場所についたら、率先《そっせん》して焚火《たきび》をおこし、川から水を運び、お湯を沸《わ》かす。フリーズドライっぽいスープの素《もと》をカップに入れて、お湯を注ぎ、スプーンでグルグルして、みんなに渡す。

「お腹が空いてる女はイライラしてるから。まずは温かいものを食べさせろ。話はそれからだ」

姉たちがよく言ってたことを、実践《じっせん》しているだけなんだけど。

「サトシってば、もう」

「サトシ、なんていい子なの。お姉さん、こんなに優しくされたことないわ」

「どうしてそんなに気が利《き》くのよ」

姉に鍛《きた》えられたって素直に言うと、みんなが母親のような顔になる。

「このスープの素、いいですね。こっちにこんな便利なものがあるとは思わなかった」

「ああ、これね。ゾーイ様っていう他国の王太子妃《おうたいしひ》が発明したのよ。ゾーイ様が資金を出しているカフェで、カレーとかハンバーグも食べられるのよ。討伐《とうばつ》が終わったらみんなで食べにいこうね」

「楽しみです」

野営のごはんは、スープとそのへんで狩《か》った獣《けもの》の肉だ。串焼きはもう飽《あ》き飽きだ。でも、そんなことは絶対に口には出さない。

「出されたものを、ありがとうって言って、パクパクおいしそうに食え」

「食卓に並んだものに文句をつけるな。不満があるなら、己《おのれ》でいちから料理をしろ」

姉が地獄《じごく》の番人のような形相《ぎょうそう》で常に言っていた。おかげで、僕はなんでもおいしそうに食べられるし、ひと通りの料理はできる。

パーティー仲間は、気のいいお姉さんたちだ。色っぽい見た目だけど、そういう気分には全然ならない。母親っぽいというか、近所のおばさまたちっぽいというか。かわいい幼児を見るような目をされるとさ。なんだかな。

体がエロのかたまりみたいなエルフのマリカさんは、面倒見がよくて、本当に母親みたいだ。薬草茶でむせていたら、ずっと背中をさすってくれる。

あれ、この手の感じ。こういうこと、小さい時にあった気がする。

子どもの頃は、ずっと喘息で苦しかった。胸の中に、ゴロゴロする何かがずっと潜《ひそ》んでいる感じ。寒くなったり、走ったり、笑ったりすると、ゴロゴロが暴《あば》れ出《だ》すんだ。そうすると、胸が詰まって息ができなくなる。うずくまって、全身で息をする。吸入薬を吸って、しばらく待てば息ができるようになるんだけど。そういうとき、マリちゃんが背中をさすってくれたっけ。マリちゃんの手、温かかったなあ。

僕はハッと振り返った。妖艶エルフのマリカさんは不思議そうにニッコリ笑う。

思い出した。大好きだったマリちゃんだ。僕は用心深く、マリカさんを探る。本当にマリちゃんなのか。僕のことを覚えているのか。

「ねえねえ、サトシはさ。彼女とかいるの？」

「幼馴染《おさななじみ》の子がずっと好きだったんですけど。ただの片思いです」

ドキドキしながらマリカさんをチラッと見る。マリカさんは菩薩《ぼさつ》のような笑顔を浮かべている。

「小さい時、大きくなったら結婚《けっこん》しようって約束したんです。もう向こうは覚えてないと思うけど」

マリカさんが、子犬を見るような目で涙《なみだ》ぐむ。マリちゃん、全然覚えてないな、この感じは。

「日本にいたときは、喘息とアレルギーとアトピーと花粉症でしんどかった。こっちにきたら、全部治った。すごく嬉しい。空気がきれいな気がします」

「よかったねえ。喘息って大変だよね。肩上げてがんばって息を吸うんだよね。背中はガチガチになっちゃうし。あれは見てて辛《つら》かったわー」

マリちゃん、にぶい、にぶすぎるよ。僕だよ、サトシだよ。

でも、仕方ないか。中学生のときから会ってないんだから。僕の身長も伸びたし。少しは男らしくなったはずだし。中学生のときは、ガリガリだったから。

マリカさんたちは、あるときから、猛烈《もうれつ》に魔物を狩るようになった。僕の出る幕がほとんどないぐらい。

「汚《よご》れ仕事はお姉さんたちに任せなさい」

「サトシはいざというときの切り札だからね」

「切り札は温存しないと意味ないからね」

血まみれで傷だらけのお姉さんたち。お互いに治癒《ちゆ》魔法をかけてすぐ治っちゃうんだけど。僕だけ後ろでボケーッてしてるのは、いたたまれない。姉ちゃんズに見られたら、どやされるに違いない、ていたらく。せめて、ごはんはきっちり準備してあげよう。

最後の魔王は、まだ魔王になる前のモヤモヤした黒い何かだった。お姉さんたちは、いたましそうな顔をしながら、とどめを刺す。

「許せ、魔王。まだ生まれる前のホヤホヤで逝《い》かせるが」

「お前の無念は、私たちが受け止める」

「恨《うら》むなら、私たちを恨みなさい」

「こっちの都合で、悪いね」

黒いモヤモヤの魔王は、あっさりと霧散《むさん》した。そこで万歳三唱《ばんざいさんしょう》になるのかと思いきや。

「さっ、王都に戻って、あの強欲《ごうよく》な王を引きずり下ろすか」

「そうね。そうしよう」

「よしっ、増税だって言い過ぎなのよ。あの、おっさん」

「税金上げる前に、無駄遣《むだづか》いをやめろっつーのよ」

魔王を討《う》ち、返す刀で増税王を倒したお姉さんたち。僕がポカーンとしている間に、全てが終わった。

仁王立ちになったお姉さんたちが、僕を囲む。

「異世界ハーレムか、日本で幼馴染か。どっちがいい？」

四人は母親のような目で僕の答えを待つ。

「えーっと。異世界で幼馴染がいいかな。だって、マリカさんは、マリちゃんだよね？」

心臓が口から出そうだけど、平静を装った。マリカさんは、マリちゃんだった。

真《ま》っ赤《か》になってうずくまったマリちゃんは、とてもかわいい。やっぱり、僕のマリちゃんだ。

「勇者召喚《しょうかん》されたけど、喘息も花粉症も何もかもよくなって、ずっと好きだった幼馴染と結婚できて、僕は幸せです」

離れてしまった日本の家族に、僕の気持ちが届くといいな。

マリちゃんと手を繋《つな》いで、日本を思いながら空を見る。

9 聖女召喚されたら、そこはホワイト異世界でした

「月月火水木金金。働けど働けど。感謝もねぇ、昇給《しょうきゅう》もねぇ、未来もねぇ。あーオラこんな国いやだー」

社畜歴《しゃちくれき》うん年のユッコ、花の盛りが終わりかけの二十代乙女《おとめ》はブチ切れていた。真面目《まじめ》に勉強して、そこそこの大学を卒業して、割と大手の会社にシステムエンジニアとして雇われた。知識ゼロでも手取り足取り教えます。プログラマーになったら、在宅勤務ができますね。なーんて言葉にウカウカのったのがダメだったのでしょうか、神様。

ええ、そうね。確かにそれなりに研修《けんしゅう》させてもらいました。色んなプログラム言語も、おえーってならずに読めるぐらいにはなりました。でもね、でもねえ。まだ一人前じゃないときから、いきなり他社にぶち込まれるって、どういうことなの。こちとら、花も恥《は》じらう、ド素人《しろうと》に毛が生えたぐらいの、新入社員ですわな。ひとりだちがまだできてない、ヨチヨチの幼児じゃん。

「無理だから。無理無理無理ー」

でも、若くて体力があって、それなりにかわいかったからさ。常駐先《じょうちゅうさき》の、めったに目を合わせてくれない、挙動不審《きょどうふしん》のエンジニアさんたちに、不器用にかわいがられてさ。生き残っちゃったわけ。

「ああー、あのときさっさと転職しておけばよかった。公務員にしておけばよかったのよー」

短いときは半年、長い時は数年おきに、色んな会社を転々としてきた。その都度《つど》、新たなシステ

ム、言語、人間関係をグワッと詰め込んで、サバイブしてきたわけですけれども。なんかもう、すっかりすり切れちゃって。やさぐれちゃって。乙女感、どこかにいっちゃやたな。
「二十代最後の誕生日を、たったひとりで、会社で終えるって。どんな罰《ばつ》ゲームですか、神さまー。私、真面目に生きてきましたよね。こんな目にあう理由って、なんですかねー」

クソー。ユッコはコンピューターの画面を見ながら、ビーフジャーキーをかじる。保守運用、大事な仕事。それは分かっている。でも、誕生日はちょっといいワインをガブ飲みして、デパ地下で買った総菜《そうざい》で舌鼓《したつづみ》をうって、お高いケーキを三つぐらい食べようと思っていたのだ。

そして、失恋の痛手《いたで》を自分で癒《いや》そうと思っていたのだ。

「クソー、タカシのやつ。三十になる直前に捨てやがって。最低だなマジで」

もう、そろそろ、結婚かなって、ソワソワしてたのに。あっさり、若い女子にいきやがった。

「呪《のろ》ってやる。エロイムエッサイムフルガティヴィエアペラヴィ」

ピカーっとユッコの足元が光り、どこかに吸い込まれていく。

「キャー、マージー」

ダーンッと派手《はで》な効果音と共に、ユッコは魔法陣に現れた。周りには、恭《うやうや》しく跪《ひざまず》く西洋風の人たち。

「悪魔召喚《しょうかん》、きたー」

あれ、違うわ。もしや、私が悪魔？　あれ？

「聖女様」

「よしっ」

ユッコは会社のおじさまたちがよくする、よしっポーズを決める。聖女召喚、きたー。

西洋風のおそらく異世界の人たちは、ニコニコとユッコを見ている。

「これほど嬉しそうに魔法陣にお出ましになった聖女様は、初めてでございます。我らの求めにお応《こた》えいただき、誠にありがとうございます」

「任《まか》せて。バリバリ働くからねっ。あっ、でも、休日はほしいかなーなんて」

「もちろんでございます。三日以上の連続勤務はなきよう、ゾーイ様から強く申しつけられておりますゆえ」

「最高じゃん」

「護衛《ごえい》には腕利《うでき》きを揃《そろ》えております。聖女様のお好みのメンズを選りすぐるよう、ゾーイ様から切々と言われております。チェンジは何度でもオッケーです、とのことでございます」

「やったー、ゾーイ様、大好き」

ゾーイ様、絶対転生者ー。ユッコは万歳《ばんざい》した。

「こちらは、契約書《けいやくしょ》でございます。まずはゆっくりと私室でおくつろぎいただきまして。その後、じっくりと慎重《しんちょう》にお読みください。不明点は全て説明いたしますので。こちらはあくまでも、ドラフトというものですから。お互いの合意点をすり合わせ、後悔《こうかい》のない契約をいたしましょう」

「どんな一流企業ですかな」

ホホホ、笑いながら異世界人はユッコを案内してくれる。

「ゾーイ様ってお会いできたりしますか？」

「ゾーイ様はこの国のご令嬢《れいじょう》ではございません。色んな国を訪問《ほうもん》されて、異世界人の扱いを改革《かいかく》されていらっしゃいます。ですから、お会いすることはなかなか難しいかと。もちろん、ご要望は上げておきますね」

「はらー」

「ゾーイ様は画期的《かっきてき》な仕組みを考えられたのでございます。聖女様、エロイムの呪文を唱えになりませんでしたか？」

「その通りです」

「やはり。ゾーイ様がおっしゃるには、あの呪文を唱えるのはそれなりのオタ素養《そよう》のある人。異世界に理解があり、現世に毒《どく》を吐《は》いている人。ならば、召喚してもそれほど嫌がられはしないだろうと。良きマッチングですわ、と。マッチングとはなんなのか、私は分からないのですが」

「深い。いい要件定義ですね。なかなか」

やるな、ゾーイ様。ユッコはすっかりゾーイ様に心酔《しんすい》した。まだ会ってもいないのに。

とても居心地《いごこち》の良い、ゆったりとした部屋で、ユッコは契約書をチクチクと読む。現地語で書いてあるのだが、言語フィルターを通ったのだろう、ちゃんと理解できる。

「目指せホワイト異世界って契約書に書いてあるわ。うける」

ユッコはなめるように、念入りに契約書を隅々《すみずみ》まで読んだ。

「どんな誠意大将軍《せいいたいしょうぐん》ですかってぐらい、誠意に満ちあふれている」

常駐先でおじさまエンジニアたちに囲まれがちなユッコ。上機嫌《じょうきげん》のときは、ついつい古い、産まれた頃に流行《はや》っていたらしいネタが口から出てしまう。こんなホワイトな待遇《たいぐう》が受けられるとは。三十年、まっとうに生きてきて、よかった。神に声が届いたのね。ユッコは転移転生の神に感謝の祈りを捧《ささ》げる。

「あら、これは何かしら。手紙ね」

契約書の一番下に、手紙が入っていた。日本語だ。きっちりとした読みやすい字。召喚してしまってごめんなさい、大丈夫でしょうか。などと書いてある。

「なるほど、召喚するのは簡単だけど、元の世界に戻すのは難しいと。そっか。ちょっとの座標《ざひょう》のズレで、別のパラレルワールド、似て非なる世界に行っちゃうわけね」

まあ、そうだよね。魚を釣《つ》り上《あ》げるのは簡単だけど、元の巣穴に放り込めって言われても、無理だもんね。ふむふむ。

「おそらく元の国では搾取《さくしゅ》される立場だったと思います。召喚の要件を、働けど働けどなどとボヤいて、エロイム呪文を唱えた人としております。だって」

ぶっ、ユッコは吹きだした。まんまとハマっておる。

「こちらでは、国賓《こくひん》として遇《ぐう》されます。だからといって、こちらの人々を奴隷《どれい》のように扱《あつか》うことはやめてください。ノブレスとして、オブリージュしてください、か。いいこと言う。その通りね」

なんてよくできた人かしら。ユッコの中で、ゾーイの株価はうなぎ上《のぼ》り、天元突破《てんげんとつぱ》だ。

「自由恋愛です。護衛との恋愛も自由です。ただし、無理強《むりじ》いはやめてください。護衛にも選ぶ権利があり、忖度《そんたく》はいたしません」

厳《きび》しい。でも、正しい。そうね、喜び組に囲まれても、かゆくなっちゃうわよね。

「お困りのことがあったら、私に手紙をお送りください。できるだけのことをさせていただきます。だって。いい人じゃーん」

今までの社畜人生で、これほど親身になって対応されたことがあっただろうか。いや、まあ、割とあったな。エンジニアのメンズ、女子に優しいから。もう、女子って年でもないけど。クッ異世界でみそじー。

そんなわけで、異世界で、ユッコの新しい人生が始まったのだ。

10 エンジニア聖女の仕事と恋と

さて、つつがなく契約書《けいやくしょ》の調印式《ちょういんしき》が終わり、次の大仕事は、護衛《ごえい》の選抜である。もうね、「目がー、目がー」な状態でございます。どこの歌番組ですかって言いたくなるぐらい、美麗《びれい》な若者たちがね。そんなキラキラした目で見られるとね、身の置き所がございません。変な汗がダラダラ出る。こんな生活、送れない。心と体に悪い。

「はあー、もう、無理。緊張《きんちょう》しちゃって。私、分かりました。おっさんがいいです。おっさん」

慣れないことをしたもんだから、失礼なことを口走ってしまうユッコであった。

エンジニア室の、ちょっと枯《か》れかけた、キョドッた感じの、不器用なおっさんが、ユッコの心のオアシスなのだ。もう、若くてキラキラした人は無理な体質になってしまったのだ。

「申し訳ないって思っちゃうし。一緒に並んだときの絵面《えづら》を想像すると。恥《は》ずか死ぬ」

ぐはあー。想像してゴロゴロ転がりたい気持ちになる。あのピチピチのお肌《はだ》に囲まれたならば。自分の毛穴が気になって、仕事が手につかないに決まっている。

異世界の人たちは、ユッコのおかしな言動をとても大らかに受け止めてくれた。そして、ユッコが一緒にいてもドキドキしない、いい感じに疲れた大人を連れてきてくれた。ありがてえ。

五人のイケオジたちが護衛を担当してくれることになった。素敵だけど、いい具合に枯れているので、ユッコの心臓が耐えられる感じである。

「皆さんがずっと張りついているわけではないですよね？」

きっとシフト制だろう、そうだといいな。ビクビクしながら聞いてみる。

「最低ふたりは護衛におつきします。ユッコ様の行動範囲、見られていることによる居心地《いごこち》の悪さ、様々なことを考慮《こうりょ》しながら、護衛体制を柔軟《じゅうなん》に変えていきます」

「すごい人件費ですね。そんな価値が私にあるんでしょうか」

どこの大統領《だいとうりょう》ですかって、気が引ける。

「ユッコ様。どうか護衛されることに慣れてください。異世界から来られた聖女様は、魔力が多いと知られています。誘拐《ゆうかい》されて、魔力の強い子どもを作ろうなどとする、ゴミクズがいないとは言い切れません」

ひゅっ、ユッコの喉《のど》が鳴った。

「それは、絶対にイヤです」

「もちろんです。ユッコ様に、指一本触れさせません。ですから、どこに行くにも、必ず護衛を伴ってください。ここはユッコ様の元の世界ほど安全ではありません」

ユッコはコクコクと頷いた。インドア派のユッコ。格闘技の覚えもなく、足も遅く、どちらかというとドンくさい部類だ。発車のベルが鳴っていても、階段を駆《か》け上《あ》がったりしない。さっさと諦めて次の電車を待つタイプだ。大人しく、屈強《くっきょう》な護衛に守られていることにする。

護衛にがっちりガードされて、王宮を移動する。ユッコの仕事は、王都を覆《おお》っている結界を強化することらしい。王都の上空を覆っている、ガラスみたいなドーム状の何か。それで魔物の侵入を防いでいるそうだ。ウィルス対策、セキュリティ対策みたいな感じかな。ユッコは少しワクワクして、魔導士たちの職場に入っていった。

「わーファンタジー。いや、社畜《しゃちく》？」

目の下にクマを作った魔導士《まどうし》たちが、魔法陣を書いている。紙に羽ペンで。

「そっかー、魔法陣って羽ペンで手書きなんだ。それは大変だわ」

書き間違ったら全部やり直しってことかしら。アンドゥで処理取り消しとかないもんね。地獄じゃん。

一番奥のとても広い部屋で魔導士団長が待っていた。部長って感じの、頼《たよ》れる雰囲気《ふんいき》のオジサマだ。ユッコはホッとした。意識高い系でカタカナ語を羅列《られつ》する、シュッとした若手社長タイプは気《き》後《おく》れするのだ。日本語で言ってほしいなーって思ってしまう。

「ユッコ様。お出迎えできず、申し訳ございません。結界にほころびが見つかりまして、原因を調査中なのです」

黒板に魔法陣の一部が書いてある。きっとそこが問題箇所《かしょ》なのだろう。バグって、見つけるの難しいもんね。分かる分かる。例えばそう、大文字が小文字になってたりさ。いらない空白が入ってたりさ。

「ああ、これ、ループになってますね」

魔法陣も言語フィルターがかかっているらしく、なんとなく意味が読める。魔導士団長がいぶかしげにユッコを見る。ユッコは黒板の魔法陣の隣に、矢印を書いた。

「ここ、処理終わりにすべきところを、また開始になっちゃってませんか。だから延々と処理が続いて次の処理が始まらないいんですよ」

「がっ、おっ」

魔導士団長は奇声を発すると両手を上げ、両手を降ろし、ユッコの手を握《にぎ》りブンブンと振った。

「ありがとうございます。さすが聖女様」

「日本でこういう仕事していましたから。お役に立ててよかったです」

「お恥ずかしい。一日眺《なが》めても原因が分からなかったのですが。ユッコ様は一瞬でした」

「そういうものですよ。自分でコード書くと、間違いに気づきにくいんです。他の人がパッと見て、違和感あるところを潰《つぶ》す方が早いんですよね」

「勉強になります」

魔導士団長に涙ながらに懇願《こんがん》され、ユッコは色んな魔法陣を確認する。

「これはまた。大掛かりな魔法陣ですね。うーん、複雑すぎてよく分からないな」

ユッコは壁に貼られた巨大な魔法陣を見て、たじろいだ。大きすぎて視界に収まらない。

「ちょっと離れて見てみますね」

逆側の壁に行って、そこから眺めてみると、なんとなく全体像が分かった。防御の魔法陣のようだ。魔導士たちが期待を込めた目でユッコを見つめている。ユッコは緊張をやわらげるために、手をギュッと握ってパッと開いた。

「どこが問題かまでは分かりませんが、糸口は見えたと思います」

ユッコは震える手でチョークを握り、黒板に絵を描く。

「ものすごく複雑な魔法陣ですが、基本は三構造だと思います。危険物が防御壁《ぼうぎょへき》に近づいたら警告を出す。危険物が防御壁にぶつかったら跳《は》ね返《かえ》し、さらに大きな警告を出す。ぶつかった箇所に魔力を集め、修復をする」

おおっと室内にどよめきが起こった。

「一つひとつは、それほど難しいことではないはずです。これらの処理を、ひとつの大きな魔法陣で対応しようとするから、問題が難しくなります。ひとつの大きな魔法陣ではなく、処理毎《ごと》に小さな魔法陣を作り、次の処理に連携《れんけい》する方がいいはずです」

これは先輩のエンジニアたちに徹底して叩《たた》き込《こ》まれたことだ。「すげーコードを書こうとするな。誰もが分かる単純なコードが一番いいんだ。それを組み合わせれば、書くのも直すのも楽だからな」って。

「時間と魔力を必要とする大魔法ではなく。簡単に作動できる小魔法を組み合わせて、大きな結果をもたらす、そういうことか。なるほど」

魔導士団長はパッと明るい表情になった。

「例えばですね、危険物が防御壁に近づいたら、光らせる魔法陣。防御壁に当たったら跳ね返す魔法陣。光って跳ね返ったら警告音《けいこくおん》を出す魔法陣。ぶつかった箇所に魔力を集める魔法陣。修復する魔法陣。これぐらい分解すれば、簡単で小さな魔法陣にできませんか?」

ユッコは黒板に小さな円をいくつも書き、つなげて大きな円にする。

「あちらの世界に、曼荼羅《まんだら》というのがあるのですが、強そうでしょう?」

「強そう」

「単純なのに強そう」

「ユッコ様、ありがとうございます。防御をもっと単純で強くできそうです」

ユッコの胸が熱くなった。エンジニアの皆さん、ありがとう。皆さんの教えが、異世界でも活《い》かせています。すごいです。皆さんのおかげです。ユッコを育ててくれた、全ての諸先輩方の顔が思い浮かぶ。

「よし、あとひとふんばりだ。今日中に終わらせて、今日は家に帰ろう」

魔導士団長の声に、魔導士たちが歓声を上げる。

それからも、ユッコはがんばった。自分の持ってるノウハウを異世界用に少しアレンジする。魔導士たちがきっちり家に帰って、仕事とプライベートを両方充実させられたらなって願っている。日本では、権力も能力もなかったから。ここでは、ノブレスなんだもの。オブリージュしなくては。

恋の方は、少しずつ、慎重《しんちょう》に進めている。護衛のリーダー役のイェルクとイイ感じなのだ。きっちり念入りに調査をして、未婚《みこん》で彼女もいないことは分かっている。

他の護衛四人と、魔導士団長の協力はとりつけている。みんな、生温かい笑顔で聞いてくれる。

「護衛してるときのピリッとした顔とか目つきとか。すっごくカッコイイ」

「うんうん」

「でも、イェルクさんのちょっとお疲れモードの顔も好きなんですよね」

「ははは」

「必ず扉《とびら》を開けてくれるんだけど、そのときの肩の動きとか、腕の長さがキュンッとするというか」

「ははあ」

「たまに一緒にごはん食べるんだけど。好きな肉系をワーッて食べて、最後にいやそうに野菜食べるのが、なんかいいなあって」

「へー」

「女性を見た目で差別しないじゃないですか。きれいな人も、そうでない人も、どっちにも適度な距離感があって。紳士だなー」

「ふーん」

「今日こそは、デートに誘います」

「がんばって」

もう、みんな私のバカ話を聞くのがイヤっぽい。すっごく背中を押してくれた。いけいけって。

「あのー、イェルクさん」

他の護衛たちがすぐに察《さっ》して、ほんの少し離れてくれる。

「次の非番の日、デートしませんか」

離れている護衛たちが、一瞬《いっしゅん》目をつぶった。ダメだこりゃ、みたいな顔。なんなの、失礼だぞ。

「ユッコ様。ユッコ様に誘わせてしまうなんて。一生の不覚です。もちろん、よろしくお願いします。王都のいい感じの場所を調べておきます」

イェルクは真っ赤になりながら、真摯《しんし》に答えてくれた。

「あ、それはもう大丈夫。行きたいところと、デートプランはもう立ててあるんだ。三つ案があるから、どれがいいか選んでください」

「用意周到《よういしゅうとう》すぎます」

イェルクが頭を抱《かか》える。

「だって、私エンジニアですから。要件定義と仕様書作成、得意なんですよ」

ユッコは準備してきた計画書のひとつを広げる。

「こちらはですね。おいしい日本料理で胃袋をつかんで、乗馬で距離を縮めるぞってやつです」

「わー、全部言っちゃってるー」

「そこは秘めてほしいかもー、男心的にはー」

外野がうるさいが、ユッコはまるっと無視する。

「ゾーイ様直伝《じきでん》のあちらの料理が食べられるカフェ。支店がついにこちらの国にも来たって言うじゃないですか。楽しみですよね。ここでまず軽くサンドイッチとか食べて。持ち帰りのお弁当買って、乗馬にいきましょう」

「わー」

イェルクがわーって叫《さけ》んだ。

「ユッコ様。これは、ふたりだけのときに詰《つ》めませんか」

「私たち、ふたりっきりになれること、ありませんよねえ」

常に護衛がふたり以上ついてるんですけど。どないせいと。

「ユッコ様。魔導士の部屋なら安全ですから。そちらで、おふたりでぜひ」

「俺たち、扉の外で待機《たいき》してますんで」

「あら、そう？　じゃあ、そうしようかしら」

護衛たちがかわいそうな子を見る目でイェルクをチラ見している。

「ちなみにユッコ様。イェルクの胃袋つかむ料理は、カフェの料理ってことみたいですけど。間違ってないですか？　ユッコ様の自慢《じまん》の料理とかの方がよくないですか？」

「あ、ごめん。私あんまり料理得意じゃないんだ。インスタントラーメンならできるけど。こっちには売ってないしねえ。それに、専門家の料理の方が、おいしいじゃない」

「ええ、まあ、そうですね」

「そう、なのかな」

護衛たちが首をかしげているが、イェルクがまた、わーって言った。

「大丈夫、大丈夫です。俺、ユッコ様に料理作ってもらおうなんて、そんな図々《ずうずう》しいこと思ってませんから。むしろ俺が、俺がいつか何か作りますよ。肉を焼く感じですけど」

「楽しみです」

みんなのニヤニヤ笑いが最高潮《さいこうちょう》に達した。

働き者のエンジニア聖女と、堅物《かたぶつ》護衛の恋が始まりそうである。

ホワイトな異世界転生、もっと広まるといいな。ユッコは日本の社畜仲間たちにそっとエールを送った。

11 王家の影だけど、似顔絵を描いてます

グレンツェール王国の学院で、似顔絵《にがおえ》ハンコが大流行《おおはや》りだ。仕掛《しか》け人《にん》はもちろんゾーイ。学園の友人たちと手紙のやりとりをするときに、スタンプ押したらかわいいよなーと思ったのがきっかけだ。

スマホのメッセージアプリでスタンプ送る感じのことが、できればなと考えたゾーイ。似顔絵ハンコを作ることにした。似顔絵を描けそうな人物は、既《すで》に見つけている。王家の影、ナタリーだ。以前、エーミールから見せてもらった報告書に、ナタリーが描いた貴族の似顔絵が載《の》っていた。シンプルだけど、特徴をつかんでいる絵。ハンコにピッタリなのだ。

エーミールの了承《りょうしょう》を得た上で、ナタリーに来てもらった。

「ナタリーの腕《うで》を見込んで、お願いしたいことがあるのです。私の似顔絵を描いていただきたいの」

ナタリーは戸惑《とまど》っていたようだけど、ゾーイの説明を聞き、快《こころよ》く引き受けてくれた。

「封蠟用《ふうろうよう》の印章《いんしょう》ありますでしょう。あれを、似顔絵にして、封筒《ふうとう》ではなくて、中の手紙に押したいのです。そしたら、私の顔をすぐ思い出してもらえますもの」

「印章ということは、私の描いた絵をもとに、彫るのですね」

「そうなの、ハンコ職人《しょくにん》にお願いしようと思っているのよ。ナタリーが描きやすくて、かつ職人が

彫りやすい大きさを決めないといけないわよね」

「ハンコ職人たちに聞いてみます。いくつか見本を作ってみます」

何日かしたあと、ナタリーがハンコの見本を持ってきた。

「完璧《かんぺき》ですわ」

「え、もう？」

ナタリーが引くぐらい、ゾーイは感激《かんげき》した。机にハンコと、ハンコを押した紙を載せただけで、絶賛《ぜっさん》だ。一番大きいので、一片《いっぺん》が人差し指ぐらいの長さの角《かく》ハンコ。一番小さいのは金貨ぐらいの丸ハンコ。大きいのは笑顔や、ウィンクをしているゾーイ。小さいのはデフォルメされたゾーイ。

「これ、全部いただきますわ」

「いえ、そんな。これはまだ見本ですので。ただの木彫《きぼ》りですし」

「これで、十分よ。だってね、ナタリー。木彫りだからこそ、すぐにできたのでしょう。金属だともっと時間かかるわよね」

「その通りです」

「私、予感がしますの。これ、絶対に流行るわ。貴族から注文が殺到《さっとう》すると思うの。木彫りでどんどん作って売っていく方がいいと思うのよね。落ち着いたら、高位貴族から金属ハンコの注文を受ければいいのではないかしら」

ゾーイの予感は的中した。まず、ゾーイの友人の高位貴族令嬢《こういきぞくれいじょう》が飛びついた。

「ゾーイ様。先日いただいたお茶会の招待状《しょうたいじょう》。とっても素敵でしたわ。あの似顔絵ってどうされていますの？　わたくしも、作ってみたいのです」

「ナタリー画伯《がはく》が絵を描き、それをハンコ職人が仕上げてくれるのよ」

「紹介《しょうかい》してくださいませんか」

「もちろんですわ」

そんな感じで、あっという間に学園のご令嬢たちが似顔絵ハンコに夢中になった。高位貴族から下位貴族に一瞬で広まり、富豪平民《ふごうへいみん》も食いつき、似顔絵ハンコは驚《おどろ》きの速さで王都を席巻《せっけん》した。

「ウインクのハンコ、かわいいですわよね。ハンコの下の一文《いちぶん》もキュンときますわ」

ゾーイはハンコの下にひと言メッセージを添えているのだ。『クッキーはサクサク派です』『ケーキはシットリ派ですの』『猫も犬もどっちも好き』『ピンクを着たいけれど、ピンクの風評被害《ふうひょうひがい》がまだ……』『寝違《ねちが》えました』など、正直どうでもいい内容だ。でも、お堅《かた》い内容の招待状に、一文だけくだけた内容を書くと、距離感が縮まっていいと思っている。

ご令嬢たちも、招待状の返信に小ネタを書いてくるようになった。『お茶会には縦ロールで行きます』『ピンク、着ます。もういいですわよね』『しっとりチーズケーキをお持ちしますわ』『我が家の猫さまを連れていきます』『しっとりクッキーもお試しあれ』『庭に美しいバラが咲きました』『弟が思春期で大変です』

お茶会の話題作りにピッタリなので、とてもありがたいと評判だ。

＊＊＊

王家の影ナタリー。今は、ナタリー画伯と崇《あが》め奉《たてまつ》られている。どうしてこうなった。

それは、もちろんゾーイ様のおかげなのだが。それにしても、それにしてもだ。

「王家の影としてもらっている給料の一年分が、一か月で稼《かせ》げてしまった」

「人手が足りません。職人を増やさないと。ああー、お金が貯《た》まる一方で使う暇《ひま》がない。信じられないー」

ナタリーとハンコ職人たちは、嬉しい悲鳴《ひめい》を上げながら、泣き笑い。猫の手も借りたい、忙しさ。

ナタリーは、影としての腕は、そこそこだ。突出して秀《ひい》でたところがない。平均的な影だ。一撃必殺はできないし、一瞬で魅了《みりよう》して情報を聞き出すこともできないし、変装がうまいわけでもない。一生、パッとせず、うだつの上がらない影で終わると思っていたのに。

「ナタリー画伯の絵はね、線が少ないのに、情報量が多いのよ。すごいわよ。人の特徴《とくちよう》をとらえるのが上手なんでしょうね。描きこんでいるように見えないのに、その人だって分かるの。天才だわ」

ゾーイに手放しに褒《ほ》められて、ナタリーは視線がウロウロしてしまう。もとはと言えば、ゾーイの婚約破棄騒動《こんやくはきそうどう》が始まりだったのだ。

ナタリー、ついていないことに、あの日が当直だった。そして、ゾーイが断罪《だんざい》されているのを、なすすべなく見守っていた。無能の極《きわ》み。もう、絶対クビ。そう覚悟していたのに。

最後の仕事と思って書いた報告書が、ゾーイの目にとまってしまった。断罪中の色んな貴族の表情を、言葉では伝えにくいので絵にしたのだ。まさか、あれが。まさかまさかの連続だ。

そして、画伯として色んな貴族家に出入りし、似顔絵を描くようになったわけだが。おかげで王家の影のえらい人に褒められてしまった。

「ナタリー画伯のおかげで、どこの貴族家でも入り放題。ナタリー画伯のおつきというテイで影がスルッと入り込める。昇給《しょうきゅう》」

「ええー、本当ですか。ありがとうございます」

「昇給だけではない。ハンコ部を立ち上げることになった。ナタリー画伯が部長だ」

「部長。部長って何をすればいいのでしょう？」

「今まで通り、似顔絵を精力的に描きなさい。絵心のある影を採用していくから、育てなさい」

部下までできてしまった。

「部長は絵に専念してください。諜報《ちょうほう》は我々がしますので」

「あ、でも、線の引き方、教えてください。私が描くとゴテゴテしてしまって」

とても気の利《き》く、できる部下たちに囲まれてしまった。いいんだろうか。

「ハンコ、画期的です。ハンコのおかげで、ほぼ全貴族の顔と名前が一致するようになりました」

「部長のおかげです。私、なかなか名前と顔が一致させられなくて。苦労していたのです」

部下たちにとても感謝されて面《おも》はゆい。影の最初の仕事は、主要貴族の名前と顔を覚えることだ。

ナタリーは、顔はすぐ覚えられるけど、名前は苦労した。

貴族一覧表の名前の隣《となり》に、似顔絵を描いてなんとか覚えていたのだ。その経験が活《い》きた。

「影がもらう貴族一覧表《いちらんひょう》の名前の横に、小さな似顔絵ハンコを押していこうか」

「高く売れますね」

部下が目を輝かせている。

「売るか、その分の予算をもらうか、上に相談してみる。影全員に利のあることだから、予算がおりそうな気がする」

無事、正式な業務となり、予算がおりた。

「他国の分も少しずつ作ってくれ」

ちゃっかり、業務が上乗せになったが、仕方がない。似顔絵ハンコ、他国からも依頼がくるのだ。

「ハンコ部、これから出張が増えますね」

部下たちはホクホクした顔で他国の地図を眺めている。

「他国の諜報なんて、選ばれし者の仕事なのに。まさか、やることになるとは」

「他国の諜報専門の影が一緒に行ってくれるらしい。私たちは、まずは似顔絵に集中しよう」

ナタリーと部下は気を引《ひ》き締《し》める。ひとつの似顔絵の高評価が、次の依頼を産むのだ。一つひとつの仕事を大切に、地道にコツコツだ。

こうして、グレンツェール王国の諜報能力は飛躍的《ひやくてき》に上がっていったのであった。

⑫ 働き者の時間と手

ゾーイは、ハンコ部のナタリーから気になることを聞いた。

「まあ、継母《ままはは》と義理《ぎり》の姉たちにいじめられている令嬢《れいじょう》が？」

なんて、ありがちな、ゾーイはため息を吐《つ》いた。

「似顔絵を描きに行って、ついでに同僚《どうりょう》が家を調べたんですね。機会があれば、いつでも調べるので、私たちは」

「もちろんですわ。影ですもの。よく理解しております」

ゾーイが言うと、ナタリーはホッとした顔をしている。

「日当たりの悪い小さな地下室に、令嬢が閉じ込められていました。普段は下女《げじょ》のようにこき使われ、来客があるときは人目につかないように地下室に入れられるそうです。ろくに食べられていないようで、やせ細っておりました」

「かわいそうに。父親は何をしているのかしら。我が子が虐待《ぎゃくたい》されているのを、放置《ほうち》しているの？」

「当主は元々、身分目当てで婿入《むこい》りしたようで。虐待されている令嬢にも、その母親にも愛情はなかったのかと。母親が亡くなったあと、愛人と娘たちを家に連れてきたという、ひどい話なのですが」

「ということは、虐待されている令嬢が、正統な後継《あとつ》ぎなのね？」

「はい、そうです」

ゾーイはしばらく考え込んだ。

「お茶会を開くわ。将来、重い責務《せきむ》を負うであろう、同年代の令嬢たちとの決起会《けっきかい》をします。重圧《じゅうあつ》に負けないよう、力を合わせなくては、ね。ナタリーも力を貸してね」

「もちろんでございます。ハンコ部の総力を注《そそ》ぎます」

ナタリーがドンッと胸を叩《たた》いて請け負った。

＊＊＊

アシュリーの朝はいつも同じだ。バーンッとドアを開けられ、継母に冷たい目で見られることから始まる。

「さっさと朝食の支度《したく》をしなさい」

「洗濯《せんたく》がたまっているわよ」

「来客があるから、床と階段を拭《ふ》いておくように」

「銀器《ぎんき》を磨いておきなさい」

「窓に指の跡《あと》がついていたわ」

そんなことを、矢《や》継《つ》ぎ早《ばや》に言われ、必死で雑用をこなす毎日。食事は余りもの。母が生きていた頃によくしてくれた使用人たちは、次々にクビになった。今は、アシュリーの味方は誰もいない。

その日も、いつものようにカチカチのパンを、具がほとんどないスープにひたしながら食べていた。

「アシュリー、あなたに手紙が届いているわ」

イヤイヤ、渋々《しぶしぶ》、仕方ない、そんな表情で継母が手紙を渡してくれた。分厚《ぶあつ》くて、立派で、上品な封筒《ふうとう》。翼《つばさ》を持つ獅子《しし》の紋章《もんしょう》。

「まさか」

「ゾーイ様が、あなたみたいな貧相《ひんそう》な小娘《こむすめ》に、いったいなんのご用かしら」

アシュリーは震《ふる》える手で封筒を開けた。二つ折りの厚手の紙を開けて、素早《すばや》く読む。

「お茶会の招待状《しょうたいじょう》です」

「ふっ、それはよかったこと。ゾーイ様のお茶会なら、そうそうたるご令嬢が参加されるでしょう。恥《は》ずかしくない身なりができないなら、欠席なさい」

継母は、鼻でせせら笑って立ち去った。

「ドレスがないわ」

靴《くつ》もない、装身具《そうしんぐ》もない、手は荒れ放題で、爪《つめ》は短くボロボロだ。

「せっかくゾーイ様にご招待いただいたのに」

使用人たちのウワサ話を漏《も》れ聞《き》いたことがある。とても聡明《そうめい》で美しく、エーミール王子殿下《でんか》のご寵愛《ちょうあい》を一身《いっしん》に受けていらっしゃるとか。貴族の頂点にいる雲の上のお方。どうして、社交界から姿を消して、地下で這《は》いつくばっている自分に招待状が届いたのだろう。分からないけど、行けるなら、行きたい。でも、みっともない姿できらびやかな場所には立てない。恥ずかしい、辛《つら》い。

アシュリーは悲しくて悔《くや》しくて情けなくて、うずくまった。ところがお茶会の日に、助けの手がアシュリーに伸びた。早朝に地下室の扉が開き、おばあさんが現れたのだ。

「アシュリー。あなたの母方の祖母《そぼ》のようなものです」

「祖母のようなもの」

アシュリーは意味が分からなくて、繰《く》り返《かえ》してしまう。

「ゾーイ様があなたを心配されています。さあ、気を強く持って、お茶会の準備をしましょう」

夢見心地《ゆめみごこち》のまま、言われるがまま、ドレスにそでを通す。母が生きていたときでさえ、見たことのないような、華《はな》やかなドレス。春の朝の空のような、淡《あわ》い水色のドレス。アシュリーが動くたびに、風に吹かれているかのようにフワフワと揺《ゆ》れる。アシュリーの灰色の髪を、おばあさんが結《ゆ》い上《あ》げてくれた。

「装身具はなくていいと思います。その方があなたの初々《ういうい》しさが引き立つでしょう。でも靴はぴっきりのを用意していますよ」

おばあさんが、透《す》き通《とお》った靴を渡してくれる。羽のように軽い、不思議な感触。足をそっと入れるとスルッピタッと合う。

「この靴を履《は》くと、あなたに結界が張られます。体に害のあるものは、弾《はじ》き返《かえ》すことができます。ゾーイ様が魔導士に作らせた最新の魔道具ですよ」

「そんな貴重なものを」

壊したらどうしよう。アシュリーは裸足《はだし》で行って、王宮に着いたら靴を履こうか考えた。

「魔道具は使ってみないと価値が分からない。どんどん使って、改善していけばいいの。そうゾーイ様が仰《おつしや》っていました。履《は》き潰《つぶ》す気概《きがい》でグイグイ踏《ふ》んでください」

「は、はい」

おばあさんの気合いのこもった目に、アシュリーは気圧《けお》された。そのまま、地下室から連れ出され、馬車に押し込まれ、気がついたら王宮に着いていた。

「あとは若いお嬢様がたでお楽しみください」

おばあさんはアシュリーをお茶会の席に送り届けると、ニコニコしながらどこかに消えた。オズオズとあたりを見回すと、大人しそうな令嬢が三人、チラチラとアシュリーを見ている。アシュリーが挨拶《あいさつ》しようと少し近寄ったとき、深みのある声が聞こえた。

「お待たせいたしましたわ。急なお招《まね》きだったのに、皆さんいらしてくださって、嬉《うれ》しいですわ。ゾーイと呼んでくださいましね」

濡《ぬ》れ衣《ぎぬ》の断罪《だんざい》を返《かえ》り討《う》ちし、エーミール第二王子の寵愛を一身に受けているとウワサのゾーイ様。ほっそりして、背が高く、長い金の髪が朝日に照らされツヤツヤと光り輝いている。印象的な大きな紫色《むらさきいろ》の瞳《ひとみ》。ふんわりしたピンクのドレス。

「ピンクのドレスを解禁《かいきん》いたしましたの」

ゾーイはフフッといたずらっぽく微笑《ほほえ》む。その笑顔で、皆の緊張が解けた。アシュリーを含《ふく》む四人の招待客は、控《ひか》えめな笑顔を浮かべる。

「さあ、座ってくださいな。一緒に朝食をいただきましょう」

焼きたてのパン、チーズ、みずみずしい果物《くだもの》、香り高い紅茶。まごうことなき、朝食だ。アシュリーはお腹が空《す》いていたので、緊張も忘れて夢中で食べる。下品にならない程度に気をつけて、でもおいしくて手が止まらない。

温かく柔らかくできたてのごはん。アシュリーはすっかりお腹が満たされて、お茶会でガツガツ食べてしまったことにおののいた。どうしよう、こっそり他の令嬢を見ると、三人も一心不乱に食べている。

「皆さんね、もしよければ、王宮に住んでくださいね」

突然、ゾーイがとんでもないことを言い出した。

「失礼ながら、皆さんの家庭事情は調べさせていただきました。由緒正《ゆいしょただ》しい貴族令嬢が、しかるべき扱いを受けず、虐待されている。とても見過ごすことはできませんでした」

四人は呆気《あっけ》にとられてゾーイを見つめる。

「朝は勤勉《きんべん》な者の時間です。皆さんの怠惰《たいだ》な家族は、まだ惰眠《だみん》をむさぼっていることでしょう。皆さんをさらってしまうのに、なんの不都合もございませんでした。安心して、王宮で軟禁《なんきん》されていることにしてくださいな」

「あの、でも。ゾーイ様にそこまでしていただくわけにはいきません。何もお返しできることがございませんし」

「そんなことないのよ。実は、私直属《ちょくぞく》の隠密部隊《おんみつぶたい》を作りたいと思っておりましたの。皆さんはそれぞれ立派な技術をお持ちですから。力を貸していただけないかしら」

四人は顔を見合わせる。なんのことだか、さっぱり分からない。

「ゾーイ様。私にはなんの技術もございません」

アシュリーはドキドキしながら、事実を述べた。役に立てるのなら、何でもするのに。

「あら、そんなことないわ。皆さん、家事労働が得意でしょう。使用人として色んな貴族家に入り込めるわ。所作《しょさ》が美しくて、働き者の使用人。どこの貴族も喉《のど》から手が出るぐらい欲《ほっ》しているわ」

ゾーイがアシュリーの手を取り、じっと見る。ヒャッ、アシュリーは心の中で悲鳴《ひめい》を上げた。爪の先までピカピカに磨《みが》き上《あ》げられた手と、傷だらけの手。ゾーイ様の手が汚《よご》れてしまう。真《ま》っ白《しろ》な雪に暖炉《だんろ》の灰を捨てたときみたい。なんて醜《みにく》い手。消えてしまいたい。アシュリーは手を引っ込めたくなった。

「働き者の手だわ。私にはない、素晴らしい手よ」

柔らかくて小さく優美《ゆうび》なゾーイの手が、あかぎれだらけの荒れたアシュリーの手を包む。ゾーイは順番に令嬢たちの手を握《にぎ》った。

「辛い境遇《きょうぐう》にへこたれず、よく今まで耐えましたね。これからは、私があなたたちを庇護《ひご》いたします。他の気の毒なご令嬢たちを助けるために、力を貸していただけない？」

「私にできることでしたら、なんなりと」

アシュリーと令嬢たちは、涙を浮かべてゾーイを見つめた。

ゾーイに忠誠《ちゅうせい》を誓《ちか》う、最強の使用人部隊はこうして始まった。

⑬ドアマットは許さない

アシュリーは売れっ子のメイドだ。しょっちゅう助《すけ》っ人《と》の依頼が入る。短いと一週間、長い時は数か月、お屋敷《やしき》に住みこむ。そこでの仕事が終われば、次の依頼先に引っ越しだ。だから、アシュリーの荷物は必要最低限。自分で持ち運びできる旅行トランクに入るだけ。そう決めている。

メイド服はたいてい勤《つと》め先《さき》で支給されるが、万一のときのために、どこのお屋敷でも浮《う》かないメイド服は一着入れている。清潔《せいけつ》な下着、寝巻き、どこにでも溶け込める服。ぎっしり書き込んだ黒《くろ》革《かわ》の手帳。なんでも洗える石鹼《せっけん》。たいがいの病気は治せる薬草茶。いざというときの解毒剤《げどくざい》。魔牛も従わせられる長いムチ。屋根から地面まで降りたり、賊《ぞく》を縛《しば》り上《あ》げたりするときに便利な長いロープ。様々な魔道具に変装用具。貴重な魔法の靴《くつ》。そして、一級メイドの証明メダル。これらが、トランクの中にきっちりと詰《つ》められている。

こざっぱりとしたワンピースをまとい、羽飾《はねかざ》りのついた帽子をかぶったアシュリー。すました顔で屋敷の裏口に立った。トントンッとドアを叩《たた》くと、すぐにひとりのメイドがドアを開ける。

「おはようございます。今日からこちらでお世話になるアッシュです。こちらが依頼書です」

スッと手紙を差し出すと、メイドはホッとしたようにアシュリーを招《まね》き入《い》れる。

「よかった。あなたが来てくれるなんて。本当に助かるわ」

「状況は？」

「ひどいの。もう、見てられない。なんとかしようと思っても、私たちの力じゃ限界があって」

「分かりました。大至急、メイド服をください。着替えてすぐに仕事を始めます」

アシュリーはあてがわれた屋根裏部屋で手早くメイド服に着替える。黒いワンピースに白いエプロン、白い帽子をかぶった。認識阻害《にんしきそがい》のネックレスをつけ、魔法の靴を履《は》けば、完成だ。これでもう、アシュリーはどこにでもいる、目立たないメイド。誰に見咎《みとが》められることもない。

屋根裏部屋から階下に降り、教えられていた部屋に向かう。軽くノックし、答えを待たずにスルッと部屋に入り込んだ。中には傷だらけの少女。床に倒れている少女の首と手首を触り、脈《みゃく》をはかる。アシュリーはポケットの中から万能解毒剤の入った小瓶《こびん》を取り出すと、一滴《いってき》を少女の口に垂《た》らした。

血の気のなかった少女の顔に少し赤みがさす。脈も安定しはじめた。アシュリーは薬草茶を入れて、ぬるくなってから少女の口にひとさじずつ流し込む。少女の呼吸が穏《おだ》やかになった。

「かわいそうに。大丈夫よ、これからは私が守ってあげる」

アシュリーは少女の髪を優しくなでつけ、やせ細った頬《ほお》を軽く指でなぞる。

「まったく、どいつもこいつも。家族だからってなんでもやっていいって思ってるわね。こんな虐《ぎゃく》待《たい》、絶対許さないんだから」

トテトテトテ、アシュリーの足元にネズミたちが集まる。ネズミたちの力を借りて、アシュリーは少女をベッドに寝かせた。硬《かた》いマット、薄くゴワゴワの毛布。アシュリーはフーッと息を吐《は》くと、腕まくりをした。

「この子が元気を取り戻すまで、少なくとも一週間は必要ね。ベンに頼んでお茶会でも開催《かいさい》してもらいましょう」

アシュリーは窓を開けると、外に向かってピュイピュイと口笛を吹いた。すぐに小さな青い鳥がやってくる。アシュリーは小鳥にむかってささやく。小鳥は首を左右に傾《かし》げながらアシュリーの言葉をじっと聞くと、パッと飛び立っていった。

数日後、アシュリーがいつも通り看病《かんびょう》をしていると、ノックされることもなくドアが開く。アシュリーは壁際《かべぎわ》に立ち、静かに頭を下げた。化粧の濃い派手な身なりをした女性が入ってくる。女性はアシュリーをチラッと見ると、ベッドの方にあごをしゃくった。

「あれ、具合はどうなの？」

「メアリー様は食欲がなく、痩《や》せていらっしゃいます。回復するのに一週間は必要かと存じます」

「十日後に侯爵家《こうしゃくけ》でお茶会が開かれます。あれも招待されているので、それまでに人前に出られるようにしてちょうだい」

「はい、奥様」

奥様はいまいましそうにメアリーをにらみつけると、不機嫌《ふきげん》さを全開にして部屋を出て行った。

アシュリーは「奥様に申しつけられましたので」を繰り返し、メアリーの生活環境を整《ととの》えていく。

「メアリー様に滋養《じよう》のあるスープと果物が必要です。奥様に申しつけられましたので」

「メアリー様のベッドのマット交換と、新しい毛布が必要です。奥様に申しつけられましたので」

「メアリー様に、日当たりと風当たりのいい南側の部屋に移っていただきます。奥様に申しつけられましたので」

一週間がたつ頃には、メアリーの頬は少しふっくらし、アシュリーと笑顔で話せるまでに快復《かいふく》した。

「アッシュ、本当にありがとう。私、もう諦《あきら》めていたの。お父様は領地《りょうち》での仕事が忙しくて滅多《めった》にこちらにいらっしゃらないし。お継母《かあ》さまは私が憎くて仕方ないみたいで。ごはんも食べられなくて」

ハラハラと涙《なみだ》を流すメアリーの手を、アシュリーは優しく握《にぎ》りしめた。

「間に合ってよかったです。プッツェルマン子爵家《ししゃくけ》の正当な後継ぎはメアリー様です。必ずや、正当な地位にお戻しいたします」

「私、地位とかは別にいいの。ごはんを食べられて、叩《たた》かれたりしなければ、それでいいの。今はとっても幸せ。ずっとアッシュがいてくれればいいのに」

「メアリー様。残念ながら、私はいつまでもはいられません。メアリー様に戦う術《すべ》を身に付けていただかねばなりません。踏《ふ》まれ続けていると、舐《な》められます。誇《ほこ》り高《たか》く、立ち向かいましょう」

「どうやって？　私、剣は使えないわ」

メアリーは自信無さげに目をふせる。

「美貌《びぼう》、魔力、筋力。これを鍛《きた》えれば勝てます。メアリー様は、美貌と魔力は既《すで》にお持ちです。あとは、筋肉をつけること」

「魔力はともかく。筋肉は必要なのかしら？」

メアリーは折れそうに細い手を組み、首を傾《かし》げる。

「メアリー様。覇気《はき》は、筋肉に宿ります。適度な筋肉は美貌を輝かせ、スッとした立ち姿は人目をひき、舐められない覇気を作ります。いざとなったら、お前の首をへし折るぜ。そう心の中で唱えるだけで、強くあれます」

「そんなこと、考えたこともなかったわ。でも、そうね。やられっぱなしは、イヤだわ」

「では、鍛錬《たんれん》を始めましょう。本当は庭の散歩から始めたいところですが。ご家族に見られると面倒ですからね。部屋の中で鍛えましょう」

「がんばるわ」

メアリーが握りこぶしを作ってかわいらしく微笑《ほほえ》む。アシュリーはメアリーの拳を両手で包み、メアリーの指に指輪をはめる。メアリーは不思議そうに首を傾げた。

「ゾーイ様がくださった魔法の指輪です。私とお揃《そろ》いです。この指輪で、メアリー様をお守りします」

アシュリーは、もうひとつの指輪を自分の指にはめる。

「まあ、魔法の指輪ですか。そんな貴重なものを、私、そんな」

メアリーがオロオロしていると、バンッとドアが開く。

「あーら、本当に元気になったのね。つまんないの」

「お母さまが大目に見てるからって、いい気になるんじゃないわよ」

「お茶会が終わったら、あんたなんて用済みなんだから」

厚化粧《あつげしょう》でゴテゴテと着飾《きかざ》った少女が三人、ニヤニヤと笑ってメアリーを見ている。

「お姉さま」

「あんたにオネエサマって呼ばれるとゾワゾワするのよ。黙《だま》りなさいよ」

異母姉が手を振りかざした。

パチンッ、いい音がして叩かれたはずのメアリーではなく、アシュリーが派手に吹っ飛んだ。アシュリーの頬がみるみる内に赤く腫《は》れあがる。

「えっ、私、あれ？　あいつを叩いたつもりだったんだけど」

金髪縦ロールの三女は不思議そうな顔をして、手をブラブラ振《ふ》る。

「お姉さま、アッシュに手をあげるのはやめてください」

「うるさいわね、私たちに口答えしようっていうの。生意気《なまいき》よ」

頭につけた大きなリボンを揺らしながら、次女がメアリーの髪《かみ》をつかむ。握られたハサミがギラリと光る。

ジャキンッ、アシュリーの髪がひとふさ、ハラリとベッドの上に舞った。

「あれ、おかしいわ。なんでメイドの髪が切れてるの」

次女がいぶかしげに頭《かぶり》を振る。リボンがプルプル揺れる。

「あんた、お茶会に何着ていくつもり？　あ、ごめーん。あんたあの貧相な母親のお古のドレスしかないわよね。私がマシなの見立ててあげるわ」

大きな花飾りを頭につけた長女が、ズカズカと部屋を横切り、衣装棚《いしょうだな》を開ける。

「これがいいんじゃない。鶏ガラなあんたにピッタリよ」

薄いピンクの上品なドレス。長女は強引にメアリーの頭からドレスをかぶせ、ニヤニヤしながらビリッと引《ひ》き裂《さ》いた。

キャッ、アシュリーが叫び、胸元を隠す。アシュリーのメイド服の胸元が破れている。長女は気味が悪そうにアシュリーを見た。

「なんでお前の服が破《やぶ》れるのよ。なにかおかしいわね」

長女は気味が悪そうに後ずさると、アシュリーとメアリーをにらむ。

「お茶会が終わったら、家から出ていってもらうから。今のうちに荷物をまとめておきなさい」

「かしこまりました、お嬢様」

アシュリーは頬を腫らし、髪を乱し、服の胸元がビリビリの状態で、神妙《しんみよう》に頭を下げた。

三人が出て行ったあと、メアリーがアシュリーの頬に手を当て謝る。

「アッシュ、私のためにごめんなさい。私、必ずもっと強くなるわ」

アシュリーはニコニコ笑いながら、ゆるんだ指輪をはめなおす。

アシュリーが魔道具でメアリーへの嫌がらせを肩代わりしたのだ。メアリーは赤い石のついた指輪、アシュリーは青い石のついた指輪をつけている。稀少《きしよう》な身代わり魔道具。

「新作の身代わり魔道具、効果は抜群ね」

アシュリーはボロボロの状態なのに、浮《う》かれている。

「ざまぁするには、物理的になんらかの被害を受けたことを公衆《こうしゆう》の面前で見せつけることが効果的なんですって。ゾーイ様が仰っていたの。でも、虐待されて弱っている令嬢《れいじよう》が殴られるのはダメでしょう。だから、健康体の私たちが身代わりになることにしたのよ」

アシュリーは誇らしげに指輪をつけた手をヒラヒラ振った。メアリーは困惑しきっている。

「でも、本当に、ごめんなさい」

「予行演習って必要ですもの。本番はもっとうまくやりますわ。それにね、殴《なぐ》られたり刺《さ》されたりしたぐらいなら、ポーションで治《なお》るの。気にしないでくださいな」

アシュリーはポケットからガラス瓶を取り出すと、グビッと飲む。アシュリーの真《ま》っ赤《か》だった頬が、元に戻った。メアリーは、まだ悲しそうにアシュリーを見つめる。

「切られた髪は戻らないのですね」

「ああ、これね。大丈夫。カツラですから。あ、破られた服は戻らないんでした。ごめんなさい」

シュンとしょげた様子のアシュリーに、メアリーがフルフルと首を振る。

「服は、破れたところに花飾りなどをつければ、ごまかせますもの。アッシュの体が無事でよかった。私、この指輪がいらなくなるくらい、強くなるわ」

「少しずつ鍛えましょう」

アシュリーとメアリーは手をつなぎ、真剣な目で見つめ合う。

＊＊＊

侯爵家のお茶会は、ベンヤミンと婚約者《こんやくしゃ》アシュリーの登場と共に、始まった。夜空のような深い紺色髪《こんいろがみ》をしたベンヤミン。月のように神秘的な銀髪のアシュリー。一幅《いっぷく》の絵のように似合いのふたりに、庭園に集まった令嬢の視線が集中する。

「なんてお美しいのかしら」

「夜空に輝く銀の月のようですわね」

「目の保養《ほよう》ですわ」

令嬢たちは頬を上気させてささやき合う。

「天才魔道具師として名高いベンヤミン様。女性には興味がないというウワサでしたのに」

「ゾーイ様がベンヤミン様にアシュリー様をご紹介なさったのですって」

「まあ、うらやましいですわ。アシュリー様、いつの間にかゾーイ様と仲良くおなりになったわよね」

「社交界にはあまり出ていらっしゃらなかったので、存じ上げませんでしたが。ゾーイ様とベンヤミン様から寵愛《ちょうあい》を受けていらっしゃるのだもの。きっと素敵なご令嬢なのでしょうね」

「アシュリー様とお近づきになりたいですわあ」

令嬢たちがアシュリーに熱い視線を向ける。

「あら、あのご令嬢はどなたかしら」

「アシュリー様と随分《ずいぶん》親し気ですわね。うらやましいですわ」

アシュリーが優しく微笑みかける栗色の髪の令嬢。薄いピンクのドレスは飾り気がないが、かえって令嬢の儚《はかな》げな雰囲気《ふんいき》を引き立てている。

「あら、あのゴテゴテしたご令嬢たちはいったい」

「あのお三方、アシュリー様にあんなに近づくなんて、無礼ですわ」

「えっ、うそ」

ゴテゴテした令嬢たちがアシュリーたちに近づいた途端。なんということでしょう。アシュリーのドレスが紅茶で無残に濡れそぼった。アシュリーがキャッと悲鳴を上げ、腕がまるで誰かに叩かれたかのように赤くなる。そして、アシュリーの真っ白な靴が、誰かに踏まれたのか茶色く汚れた。

庭園は痛いほどの沈黙《ちんもく》に包まれる。

「私の愛しいアシュリーになんという無礼を。許しがたい」

ベンヤミンの冷気で庭園の温度が一気に冷えた。遠巻きに見守っている無関係の令嬢たちは、寒そうにむき出しの腕をさする。

三人のゴテゴテ令嬢たちは、必死で言い訳を繰り広げた。

「違うんです。なにかの間違いです」

「妹が出すぎた真似《まね》をしていたから止めようとしただけです」

「アシュリー様に何かしようなど、決して思っておりません」

ゴテゴテ令嬢は叫《さけ》んでいるが、ベンヤミンとアシュリーは見向きもしない。ゴテゴテ三令嬢は、いたたまれなくなったのか、モゴモゴ言いながら、庭園から出て行った。

「皆、騒《さわ》がしくてすまなかったね。さあ、ゆっくりお茶会を楽しんでくれ。メアリー、アシュリーの着替えに付き添ってくれないか」

メアリーは膝《ひざ》を軽く落として礼をし、アシュリーと共に屋敷に入っていった。

「メアリー様。ああ、思い出しました。メアリー・プッツェルマン子爵令嬢ですわね」

「ああ、あの方。確かお母さまがお亡くなりになってから、社交界に出られなくなったとか。うっすら記憶がございますわ。かわいらしいご令嬢でしたもの」

「後妻に軟禁《なんきん》されていると、聞いたことがございます。その、メイドの情報網《じょうほうもう》ですけれど」

令嬢たちは口に手を当てて、目を丸くした。

「まあ、ということはあのゴテゴテ令嬢は後妻の連れ子ですかしら？」

「後妻は、元々は平民らしいですわよ。男爵家《だんしやくけ》に嫁《とつ》いで、ゴテゴテ令嬢を産んで、男爵が亡くなってからプッツェルマン子爵の後妻になったそうですわ」

「あらあら、たいした成り上がりですこと。恐れ入りましたわ。どんな汚い手を使ったのやら」

「身分の低い後妻が、身分の高い前妻の娘をいじめる。よくある話ですけれど、許しがたいですわね」

令嬢たちは眉をひそめて首を振る。

「本当に」

「でも、それももう終わりですわね。侯爵家のお茶会でアシュリー様にあんなことをして、ただで済むわけがありませんもの」

「後妻と連れ子は放逐《ほうちく》ですかしらね。プッツェルマン子爵家当主にも、なんらかのお咎めがあるのではないかしら」

「きっとそうですわね。メアリー様がアシュリー様に付き添ったということは、もしかすると。メアリー様もゾーイ様の側近《そっきん》になるのかもしれませんし」

途端《とたん》に令嬢たちが目を輝《かがや》かせる。

「うらやましいですわ。わたくしもゾーイ様の側近の地位を狙《ねら》っておりましたのに」

「わたくしもですわ。そうすれば、エーミール殿下の側近とお近づきになれますものね」

「まあ、欲望があからさますぎですわよ。もっと秘めてくださいまし」

令嬢たちの話題は、エーミール王子の側近の誰がどのように素敵かに移っていった。

＊＊＊

侯爵家の一室でそわそわしながら待っていたゾーイ。現れたアシュリーとメアリーを見て、ハラハラした表情を見せる。

「ふたりとも、怪我《けが》はありませんか？」

「大丈夫です。紅茶をかけられ、腕を叩かれ、足を踏まれましたが。なんということはございません」

「よかったわ。心配していましたのよ。そりゃあ、ベンの魔道具に抜かりがあろうはずはないと思っていますけれども。とはいえ、身代わりとなると。ドキドキしておりましたの」

「ベンは、イヤだイヤだ、そんなの作りたくないってゴネていましたけれどね。最終的には、納得して素晴らしい指輪を作ってくれましたの。渋々《しぶしぶ》ですけれど」

「最愛の婚約者を危ない目に合わすのは、ベンも気が進まないですわよね。あとで労《ねぎら》っておきますわ」

ゾーイはアシュリーの手を握り、次にメアリーの手を握った。

「メアリーさん、初めまして。ゾーイ・フェルゼールですわ。アシュリーから聞きました。相当ひどい目に合っていたのですってね。辛かったでしょう」

メアリーは緊張した面持《おもも》ちで、丁寧にお辞儀をする。

「ゾーイ様、メアリー様から伺いました。おふたりのおかげで、生き残ることができました。本当にありがとうございます」

「私はいずれ王妃《おうひ》になる立場ですもの。手が届くのであれば、助けるのは当たり前なのです。間に合ってよかったですわ」

ゾーイは穏《おだ》やかに返す。

「ゾーイ様の仰《おっしゃ》っていた通り、手を出させるとざまぁがしやすいですわ。いじわるな人の嗜虐心《しぎゃくしん》をあおるメアリーの名演技で、うまくいきましたわ」

「アシュリー様に何度も教えていただきましたの」

「メアリーに才能があるのよ」

三人の少女は、互いを褒《ほ》め合《あ》う。

「さあ、アシュリーは着替えなくてはね。三人でお茶会の場に行きましょう。私が出れば、アシュリーとメアリーに箔《はく》がつきますからね。メアリーの今後については、お茶会の後にゆっくりお話ししましょうね」

「実は、もう心は決まっているのです」

メアリーはゾーイとアシュリーを見つめる。

「私も、アシュリー様のように、ゾーイ様直属《ちょくぞく》の使用人部隊に入りたいです。そして、他の虐《しいた》げられている人たちを助け、不穏《ふおん》な情報をいち早く集めて国に貢献《こうけん》したいのです」

「メアリー、ありがとう」

「メアリー、一緒《いっしょ》にがんばりましょうね」

今や一大勢力となったゾーイの使用人部隊。色んな貴族家に入り込み、弱きを助け、不穏分子を見つけ、王国をひっそりと支えている。

14 NPCに転生したアタシの話を聞いてほしい

ミナは自分のこと、ちょっとした不幸の見本市だと思っている。そこそこ頭がいいので、市内で一番の高校に行こうと思ったけど。

「一番の高校の真ん中にいるぐらいなら、二番の高校の上位にいる方がいい」

父に言われ、そんなもんかと二番の高校に入った。中学校のときのライバルは、そんなミナに目もくれず、一番の学校に行った。

「めちゃくちゃキツイ。授業を一回聞いたら理解できる、怪物みたいな頭脳を持った子が普通にいる。私は毎日死ぬほど予習復習して、百位以内を維持《いじ》するのがやっと。上位大学にスッと好判定もらえる子がうらやましい」

たまに会うと、そんな愚痴《ぐち》を言う元ライバル。ミナは何も言えなかった。ミナは二番手の学校で、中間の位置にいるんだもん。死ぬほど努力なんてしてない。どうせうちら二番手だし。そんな空気が蔓延《まんえん》する学校で、ぬるま湯につかっている。

「大学は自宅から通える範囲にしなさい」

お金がかかるから、ひとり暮《ぐ》らしさせる余裕がないと言われては、そうせざるを得なかった。毎日、バスと電車で片道二時間かけて通う、そこそこの大学。

元ライバルは、都会の超一流の大学に受かった。

「家賃《やちん》が高いからさあ。超狭くて、風呂トイレ共同のアパートだよ。恥ずかしくて友だち呼べない」

そんなことを言っている彼女に、ミナはまたしても言葉をかけられなかった。風呂トイレ共同って、最悪じゃない。そう思ったから。

行きたい学部もなかったので、なんとなく聞こえのいい英文学部にした。ミナが大学三年生になったときは、世の中は就職氷河期《しゅうしょくひょうがき》だった。華やかな会社は、書類で落ちる。

「家から通える会社にしなさい」

それならお金も貯《た》まるな、そう思って、地元の小さな貿易《ぼうえき》会社に入った。お茶汲《く》みコピー取り備品購入など、あらゆる雑用は女性社員の仕事だった。やりがいがありそうな仕事は男性のもの。女性はサポートに徹して、内助《ないじょ》の功《こう》が喜ばれる社風だった。

たまに地元に帰ってくる元ライバルは、大きな商社に受かっていた。

「お茶汲み？　ないよそんなの。給湯室に自販機あるんよ。部署の来客用カードをピッとかざせばお茶のペットボトル出てくるから。男性も女性も、自分でペットボトルをお客さんに出して終了よ。コップも出さないよ、洗う時間が無駄《むだ》じゃん」

「そっかー、いいなー」

「ミナ、転職しなよ。そんな時代錯誤《さくご》な会社にいたって、ろくなことないよ」

「そうだよね、ちょっと考えてみる」

でもミナは転職しなかった。社内恋愛していた彼氏の子どもを妊娠《にんしん》したからだ。会社を辞《や》めて、ミナは肩書きを失った。妻であり母だけど、名刺はない。

元ライバルは、うらやましそうにミナの娘の写真にコメントをくれる。

「いいな。私も子ども欲しい。でも、仕事と子ども、両方は私には無理だから。相手もいないし、仕事に生きるよ」

元ライバルは、毎年、娘の誕生日《たんじょうび》にはメッセージをくれる。

「人の子の成長は早いってホントだねー。もうすっかりお姉さんじゃんー」

ミナは娘の成長が誇らしい。健康で幸せになってくれればいい、そう願っている。誰にも言わないけど、娘には、自分と同じような人生は歩んでほしくないと思っている。

元ライバルは、海外を渡り歩き、ニュージーランドで小さな会社を作った。

「まさか自分が海外で結婚して、高齢出産《こうれいしゅっさん》することになると思わなかった。何もかも、キツイ」

でも、彼女はエネルギーに満ちあふれているから、なんとかしてしまうのだろう。

大学生になった娘は、ひとり暮らしをしている。お金はかかるけど、その方がいいと思う。

夫とふたりきりの生活。会話はない。夫は会社の部下と浮気している。今、離婚《りこん》してくれと言われたら、ミナはどうすればいいのだろう。実家に戻るのだろうか。スーパーのレジ打ちならできるだろうか。

「人生が、詰《つ》んだところで、異世界に。転生、キター。娘よ、ごめん、母は新しい人生を歩むことになった」

酒をしこたま飲んだ翌日、目が覚めると、そこは異世界だった。だって、見たことのない天井《てんじょう》だし。石造りの部屋だし。窓から見る風景はナーロッパだもの。

「神様、ありがとうございます」

ミナは心から祈った。

「どんな美少女に生まれ変わってるかなー」

いそいそと鏡を見て、ミナは膝《ひざ》から崩《くず》れ落《お》ちた。

「マダムじゃん」

おばさんという言葉を忌《い》み嫌《きら》っているミナ。おばさんって自分で言ったら、そこで試合終了ですよ、そう思っている。まあ、そんなことはどうでもいいのだが。鏡に映《うつ》るのは、洋風のマダムだ。なんだろう、パン屋の女将《おかみ》っぽい風情《ふぜい》。

「金髪とか銀髪のお嬢《じょう》さまに転生したかったよー。神様、ひどい」

神様から何かチュートリアル的な説明がくるかと、しばらく待ったが、ナッシング。ミナは床に体育座《たいいくずわ》りをして、記憶を探ってみる。今世の記憶は、ない。

「なぜー、困るー」

トントン、ドアを叩《たた》く音がする。ミナは慌てて立ち上がり、少しだけドアを開けてみた。

「エヌピーシーの村にようこそー」

ミナと同じ年頃のマダムが、朗《ほが》らかな笑顔を見せて言った。

「エヌピーシーってなに」

「NPC、ゲームのノンプレイヤーキャラクターのことよ。説明するから、下で一緒にごはん食べましょう。私はリサ、よろしくね」

リサについて階下に降りると、下は食堂みたいな作りになっている。リサはホカホカと湯気をたてたパンと紅茶を出してくれた。

「ここはね、氷河期世代救済用の村なの」

「氷河期世代救済用の村」

なんか、え？　ミナの思考が停止する。

「この村、ほとんど転生組なんだ。氷河期世代って、国に見捨てられた世代じゃない。恨《うら》みつらみが凝《こ》り固《かた》まって、神への怨嗟《えんさ》がひどいことになったの。それでね、神様が異世界に氷河期世代専用の村を作ったんだって」

「救済の割に、なんでマダム？　どうせなら、美少女に生まれ変わりたかったな」

「まあね、でもね、勇者とか聖女とか悪役令嬢《あくやくれいじょう》って難しいわけよ。ああいう主人公系に転生するにはね、魂《たましい》の力が強くないと。転生しても、元の性格はあまり変わらないから。新しい環境に適応できなくて潰れちゃうのよ」

「ああ、それはそうね。そうかもしれない」

確かに、今から美少女になったとして。イチから人間関係築いて、この世界に順応《じゅんのう》して、成り上がっていくのは、疲《つか》れそうだ。お料理革命とか、色んな美少年を手玉に取ってとか。マンガで読む分にはいいけど、自分でやるのは面倒《めんどう》かもしれない。

「主人公にはなれないけど、脇役《わきやく》をきっちり務められる人材。それが私たちよ。ここで、勇者や聖女をおもてなしするのが、役目」

「勇者や聖女も転生者？」

「まちまちよ。現地の人の場合も、転移や転生のときもあるわ。でも、私たちは何も知らないふりをして、異世界の中の人として接するの」

「そうなんだ。接待《せったい》があるんだね」

「勇者や聖女は責任が重いからね。下手《へた》したら命の危険もあるもの。せめて、ここではのんびりしてもらいたいじゃない」

リサが言うには、昔は召喚《しょうかん》された勇者や聖女が便利に使い捨てされていたらしい。ゾーイ様というどこぞの国の王太子妃《おうたいしひ》が、大ナタを振るって他国を巻き込んで待遇改善したそうな。

ゾーイ様の改革の余波で、この村の住み心地もよくなっていると。すごいバタフライ効果。

「ゾーイ様もきっと転生者ね。魂の強い人なんでしょうね」

ミナは、日本の元ライバルを思い出す。彼女みたいに、臆《おく》さずガンガン変えられる人なんだろう。

リサに助けられながら、ミナの新しい生活が始まった。ミナはリサとふたりで、おいしくて値段が手頃な食堂を営業するのだ。

昔、ファミレスでバイトをしたことがあるので、ウェイトレスはなんなくできた。料理を大量に手早く作るのは手こずったが、徐々に慣れてきている。魔道具が発達しているので、カマドの火を一定の強さで保つことができる。水も蛇口《じゃぐち》のようなところから出てくる。電子レンジはさすがにないが、冷蔵庫のようなものはある。

「みんな、時間がたっぷりあるからさ。研究して色んな便利道具作るのよ。日本人、そういうの得意じゃない」

生活魔道具が異様に発達した村と有名らしい。おかげで勇者や聖女だけでなく、冒険者や商人、旅人がひっきりなしに村を訪《おとず》れる。食堂も連日、大にぎわいだ。

てんやわんやだけど、日本のお客さんほどのサービスは求められない。とりあえずお酒さえ出しておけば、イヤミを言われることも、怒鳴《どな》られることもない。セクハラもない。マダムだからだろうか。

「セクハラ？　ないない。そんなことしたら、ぶん殴《なぐ》ってやる。ここでは客と店員は対等。お客さまは神様だなんて、ヘコヘコしなくていいから」

「そっかー。よかった」

スーパーの店員さんに怒鳴りちらすクレーマーをよく見たが、ここではあり得ないらしい。

「はっきり言って、天国だよ。働けばちゃんと暮らしていける。バカみたいに税金取られることもない。義両親の介護《かいご》も、ＰＴＡで無駄《むだ》な作業することも、町内会でジジイにセクハラされることもない。夏もそんなに暑くないし。転生、万歳《ばんざい》よ」

リサは鼻息荒く主張したあと、「子どもには会いたいけどね」ポツリと言った。

「分かる。アタシも、娘のことだけが心残り」

ミナとリサは、たまにしんみりと子どもの思い出話をする。

「魔力がすっごい必要らしいけど、もしかしたら元の世界にも戻れるかもだって。でも、誰も試してないけど。戻っても、元の体が残ってるか分からないしねー」

「そっか。もうお葬式《そうしき》も終わってるかもだもんね」

ミナは、じんわり浮かんだ涙をエプロンで拭《ふ》く。

「もしかしたらさ、神様がそのうち、子どもたちを短期転移させてくれるかもしれないしね」

「すごいこと言ってる。でも、それいいかも。夏だけでもこっちで過ごせればいいのに」

新しい避暑《ひしょ》の形として、なんとかならないだろうか。ミナが考え込んでいると、食堂にケンが入ってきた。ミナはいそいそとケンの好物の肉団子入りスープを持っていく。

「はい、いつもの」

「あ、ありがとう。新しい鍋《なべ》はどう？　圧力鍋は無理だけど、無水鍋ならいけるんじゃないかと思ったんだ」

「うん、いつもよりコックリしたスープになったと思う。食べてみて」

ケンは、フーフー注意深く冷ましてから、スープを口に運ぶ。

「うん、味が濃い気がする。成功かな」

「成功だよー。いつもありがとう。これ、お礼のチーズケーキ」

ケンはスープを大急ぎで食べ始めた。

「急がなくても、チーズケーキは逃げないから。ゆっくり食べないと、変なとこ入るよ。ほらー」

案《あん》の定《じょう》、咳《せ》き込《こ》み始めたケンの背中を勢いよく叩く。

「次の休みにさ、湖《みずうみ》に釣《つ》りでも行かないか？」

「いいね、行こう。お弁当作っておくね」

ケンの嬉《うれ》しそうな笑顔を見ると、ミナの胸が温かくなる。娘が生まれてから、夫とふたりきりでデートなんて一切なかった。女として枯《か》れていた。でも、ここではマダムのミナを大切にしてくれる人がいる。

母でも、無料の家政婦でもなく、ミナとして扱ってくれる人がいる。それがどれほど、肌《はだ》に潤《うるお》いを与えることか。

「鬱々《うつうつ》としてる氷河期世代が、もっとこっちに来れるといいね」

「そうだね。あっちの政府はあてにならないから」

「神様に祈っておこう」

ミナとケンは、転生転移の神様に真摯《しんし》に祈った。

真面目《まじめ》に生きていたのに見捨てられた彼らに救いの手を。できれば娘も避暑でちょっぴり。

ミナとケンは目を開けて、笑い合う。ここでは、割と神様との距離が近いのだ。きっと、いいことがあるに違いない。そう信じられる。

ここでは、未来は明るい。

15 獣人奴隷を幸せにする、たったひとつの冴えたやり方

異世界に転生し、公爵令嬢《こうしやくれいじよう》としてつつがなく暮らしているゾーイ。優《やさ》しい婚約者《こんやくしや》エーミール王子との仲も良好。特に不満はない。ないのだが、獣人奴隷《じゆうじんどれい》については、どうしても受け入れられない。

獣人の奴隷は禁止されている。人化できない獣人の扱いが、グレーなのだ。見た目は大きな動物、人語は発せないが、理解はできている。愛玩《あいがん》や防犯目的に取引きされるらしい。

ゾーイはエーミールに相談した上で、人化できない獣人奴隷の扱《あつか》いを改善することにした。

「人化できる獣人同様、人化できない獣人の取引きも違法と、明確に法制化してもいいと思うのですが」

ゾーイは前世の色んな事例を思い出す。

「裏に潜《もぐ》って秘密裏に取引きを続けると思うのですよね」

言い方はアレだが、かわいくて便利な存在だ。需要《じゆよう》は多いと思う。前世でも、ペットショップは大流行《おおはや》りだったではないか。先進国では徐々《じよじよ》に禁止されつつあったペットショップ。日本ではたくさんあった。ペットショップ、あってもいいと思うけど。でも、売れない動物を殺処分《さつしよぶん》しているなら、断固反対だ。ひどすぎるよ。

あんな小さなケージで一生を終えるなんて。考えただけで泣けてくる。外で走り回ることもない

んでしょう。ジワッと涙が出てきたので、獣人に考えを戻す。

「獣人を、愛《め》でるべき存在。大切にすべき対象とみなせるよう。人々の意識をガラッと変えましょう」

「僕には見当もつかないけど。ゾーイには何か案があるの？」

「あります。獣人の推《お》し化《か》です」

王子であるエーミールと、公爵である父の権力と財力を大いに活用させてもらうことにした。もちろん、きちんと企画書を作って、投資に対するリターンの予測値も大中小で出した上でだが。

「まずは、大きな奴隷商会を買い上げましょう。正当にやっても儲《もう》かることを見せれば、他も追随すると思うのです」

荒くれ者の奴隷商人と話し合い、ゾーイの理念を理解してついてきてくれる者は残した。分かってもらえない者には、きっちりと退職金を払い、さよならした。

「これからは、獣人の皆さまを、姫さま、若さまとお呼びしてね。そして、姫さま、若さまがお望みの名前が決まったら、そのお名前でお呼びします。よろしいですね」

「へえ」

「なんかよく分かんねえっすけど」

男たちはマゴマゴしているが、ゾーイはどんどん進める。

「姫さまと若さまは、あなたたちを恐れていると思うのです。信頼関係が出来上がるまで、あなたたちには裏方《うらかた》に回ってもらいます」

「へえ、そうすか」

「給料《きゅうりょう》がちゃんともらえるんだったら、俺はなんでもいいっす」

「そこは心配しなくていいわ。悪いことをしなくても、きちんと暮らしていけるお給金をお渡しします。まずは、今週分ね。異例ですが、最初の三ヶ月は前払いにします。でもパーッと使ってはダメよ」

「うおー、マジかー」

「飲みに行くぜー」

「娼館《しょうかん》に行こうぜー」

ゾーイはため息を吐《つ》きながら、パンパンッと手を叩《たた》いた。

「ですから、パーッと使ってはいけません。今日だけは楽しく遊んでいいですが、明日からは節約するのですよ。全部使われると困りますから、日払いにしようかしら。使っていい分と、貯蓄用《ちょちくよう》と分けてもいいかもしれないわね」

ゾーイは考えこむ。

「いいわ、今日は二日分を渡します。これは全部使ってしまってもいいでしょう。あなたたちのお金の管理をしてくれる会計士を探すことにしますね。家族や老後のこと、考えなきゃね」

誰かに、ここまで親身になって人生を考えてもらったことなど、今までなかった男たち。感激してオイオイ泣き出した。

「母ちゃんって呼んでもいいすか」

「ダメです」

ゾーイはつれなく断る。

「ゾーイ様ならいいですよ」

「ゾーイ姐《ねえ》さんは？」

「尊敬《そんけい》の念をこめるなら、許可しましょう」

荒くれ奴隷商人たちは、尊敬の念を十二分に込めて、ゾーイ姐さんと呼び始めた。

次に、ゾーイは動物や子どもの扱いになれた平民や下級貴族を雇《やと》った。姫さまと若さまのお世話係だ。いくら心を入れ替えたとはいえ、荒くれ奴隷商人たちにお世話係は任せられない。

「姫さまと若さまは、輝く星として王都を照《て》らします。星のきらめきが曇《くも》らぬよう、心を込めてお世話してください」

「はい」

ゾーイがじきじきに面接をした上で採用した人たち。真摯《しんし》な態度でゾーイの説明に耳を傾ける。

そして、ゾーイは姫さまと若さまの前に立った。

「皆さま、初めまして。ゾーイと申します。私はこの奴隷商会を買い上げました。皆さまの尊厳《そんげん》を傷つけることは、今後一切ございません。もちろん、急には信じられないと思います。まずは、ゆっくりと時間をかけましょう」

死んだ魚のような目をした姫さまと若さまたち。ゾーイは毎日、時間を見つけては自分の思いを説明した。お世話係も、真剣に丁寧《ていねい》にお世話をする。姫さまと若さまの目に、少しずつ光が戻る。

ゾーイに心を開き、星になって輝《かがや》くことに賛意を示してくれる姫さま若さまも出てきた。

「では、第一回、星を崇《あが》める会を開催《かいさい》いたしましょう」

一回目は、信頼できる貴族を少人数、こぢんまりと。姫さまと若さまが不安にならず、ゆったりくつろげることが肝心だ。

会場は薄暗く、舞台だけが明るく照らされている。ゾーイとエーミールが信頼する貴族令嬢と令息たちが、いくつかの丸テーブルを囲んでいる。皆、これから何が起こるのか、ワクワクしながら小声でささやき合う。

「ご来場の紳士淑女《しんししゆくじよ》の皆さま、ただいまから、記念すべき第一回、星を崇める会を開催いたします」

舞台のそでにひとりの男が立ち、話し始める。整《ととの》った顔、よく通る声、シュッとした外見。会場の視線が男に集まる。ゾーイが見つけてきた、舞台俳優なのだ。見た目とイケボが決めてだった。

「姫さまと若さまを崇めるにあたって、お願い事項がいくつかございます」

男はゆっくりと、注意事項を述べていく。大きな声、拍手は禁止。食べ物などを舞台に投げてはダメ。姫さまと若さまの気をひこうと、ヒラヒラしたものを動かしてはいけない。

このような禁止事項を伝えられたことのない、貴族の若者たち。否《いや》が応《おう》でも期待が高まる。

「大変お待たせいたしました。一番は、アンゲリカ姫さまです」

メイド服を着たお世話係が、大きな台車を静々《しずしず》と押して舞台に出る。台車の上には赤い大きなクッション。その上には真っ白な猫。

固唾《かたず》をのんで皆が見守る中、アンゲリカ姫さまは、ゆうゆうと伸びをした。フワフワの白い毛が柔らかく揺《ゆ》れ、上品に開いた口から赤い小さな舌がチロリと見える。アンゲリカ姫さまは、退屈そ

うな目で観客をチラッと見ると、クッションの上でスヤスヤと寝始めた。

「続きまして」

司会者が口を開いたとき、えっという雰囲気《ふんいき》が会場を包んだ。えっ、あれで終わり？　なにもしてなくない？　そんな小さなざわめき。

「二番は、シバタロー若さまです」

スヤスヤ寝ているアンゲリカ姫さまが台車で運ばれていき、愛くるしい小さなマメシバが、走って来た。全力の笑顔で愛嬌《あいきょう》をふりまき、しっぽをブンブン振っている。舞台をところせましと走り回り、あらゆる観客と目を合わせる。

「うっ、尊《とうと》い」

「胸が、苦しい」

「カハッ」

そこここで、つぶやきが漏《も》れた。

「三番目は、ヨーちゃん若さまです」

「ヨーーーーちゃん」

鮮《あざ》やかな青いオウムが、ヨーちゃんと自分の名前を叫《さけ》びながら飛んでくる。ヨーちゃん若さまは、激しく名乗りながら舞台の上をグルグル飛んだあと、シバタロー若さまをひっつかんで舞台から去って行った。

「四番目は、サバー姫さまです」

またしても台車がゴロゴロと運ばれてくる。台車の上には大きな水槽《すいそう》。中に銀色の美しい魚が泳いでいる。

「え、サバってこと?」

「サバだから名前もサバー?」

「まんま過ぎでは」

サバー姫さまは、なんら目立った動きもしないまま優雅《ゆうが》に泳いでいる。

次々と、色んな姫さまと若さまが登場した。おおむね、姫さまは愛想《あいそ》がなく、若さまは観客を盛り上げようと熱心だ。会場は不思議な興奮に包まれた。最後の姫さまが舞台から下がる。

「これにて本日の崇める会は終了です。皆さま、ぜひ次回のお越しをお待ちしております」

ガラガラガラと台車を押したお世話係たちが会場に現れる。

「次回の崇める会をさらにお楽しみいただくための、小道具をご用意いたしました」

司会者はおもむろに、キラキラした扇子《せんす》を胸の前で広げる。

「このキラキラした扇子は、アンゲリカ姫さまのお気に入りです。好きな文字の扇子をお選びください。アンゲリカ姫さまが、もしかしたらお応《こた》えくださるかもしれません」

司会者は色んな文字が書かれている扇子を次々と広げていく。

「目線ください、の扇子をいただきます」

オズオズと、ひとりの令嬢がお世話係に声をかける。

「わたくし、しっぽで頰《ほお》をはたいてと、肉球でアゴを押して、のふたつが欲しいです」

真《ま》っ赤《か》になった令嬢が小声で申告した。令嬢や令息たちが、勇気づけられたように、我も我もと小道具を注文する。

「シバタローさまのお気に入りのテニスボールでございます。取ってこーい、をしていただくことが可能でございます」

ギラリ、貴族たちの目が光った。テニスボールはあっという間に売り切れた。

こうして、初めての崇める会は大盛況《だいせいきょう》で幕《まく》を下ろしたのであった。

16 ツガイ問題

人化できない獣人《じゅうじん》を崇《あが》める会がジワジワと上流階級で広まった。貴族たちは、色んな愛の形を知った。とても塩対応なアンゲリカ姫さまの、ほんの少しの気まぐれに一喜一憂《いっきいちゆう》してみたり。いつも全力で愛想《あいそ》を振りまいてくれるシバタロー若さまの、海よりも深いオモテナシ心に触れ、もらう一方の自分に心苦しくて涙したり。俗世のあれやこれやを一向に気にする風でもなく、水槽《すいそう》の中でたおやかに泳ぐサバー姫さまを見て、心の澱《おり》が浄化されたり。自身の名前しか連呼《れんこ》しないヨーちゃん若さまに、自分の名前を憶《おぼ》えてもらおうと躍起《やっき》になったり。

「推《お》し活《かつ》には、色々なやり方、楽しみ方があるのですね」

「毎日が楽しくて仕方ありません」

「身分の高い方々と、推しの話題で盛り上がれるなんて。信じられません」

活《い》き活きと推し活に励《はげ》む貴族たちを見て、ゾーイはホッと胸をなでおろす。

「ここまではうまくいきましたわ。次は供給元をなんとかいたしませんと」

「というと、獣人国と話をつけるということだろうか。獣人国とは色々あって、国交を断絶《だんぜつ》しているのだ。どうしたものか」

「まあ、そういえばそうでしたわね。確かツガイ問題でしたわね」

ゾーイは、ゾーイの知識を思い出す。

＊＊＊

まだ獣人国とヒト属の国に国交があったとき、とあるヒト属の王国を、麗《うるわ》しい竜人《りゅうじん》の王子が訪れた。

「我が国ではツガイを見つけられなくてね。ツガイ探しの旅に出ているのだよ」

強く美しく、ツガイ相手を溺愛《できあい》してくれる竜人。ヒト属の女性にも人気がある。純愛や溺愛を夢見る乙女《おとめ》たちが、夜会にこぞって集まった。ヒト属の最も大柄《おおがら》な男性よりも、一回り大きな竜人の一行は、会場の中でもくっきりと際立《きわだ》つ。

「はあー、素敵。美しさとたくましさのいいとこどりではありませんか」

「浮気の心配がないって、安心ですわよね」

「いつまでも新婚《しんこん》のように溺愛してくださるんですって」

ヒト属の少女たちは、トロンとした目をして竜人を見つめる。

「まあ、シルヴィア王女殿下《でんか》がいらしたわ」

「まさか、殿下も竜人を？」

「殿下、婚約者《こんやくしゃ》が他国にいらっしゃるわよね」

「あらあらまあ」

「それなら、もう殿下で決まりではないですか。私たちの出る幕《まく》がございませんわあ」

「あら、ツガイに身分は関係ありませんわ。私たちだって、可能性がありますわ」

「では、もう少し近づきましょうよ」

令嬢たちは、さりげなく、少しずつ、ジリジリと竜人たちに寄っていく。ところが、竜人の王子は、さっと跪《ひざまず》いた。その前にはシルヴィア王女。王女はさっと頬《ほお》を染《そ》め、周りにいた女性たちはため息を吐《つ》く。

「やっぱりね」

「そんなうまい話、ないわよね」

「持てる者が総取りする世界よね」

「知ってましたわ」

ちょっぴり恨《うら》めしい目で竜人の王子を見つめる貴族女性。

「みつけた。あなたが私のツガイだ。どうか、私の妻になっていただけないだろうか」

竜人王子は感極まった様子で、そっと手を伸ばす。

「はっ?」

「ええっ?」

「なんで?」

会場中に疑問符が飛び交う。竜人のブライアン王子が愛を乞《こ》うたのは、シルヴィア王女の護衛《ごえい》、グウェンだったから。伯爵令嬢《はくしやくれいじよう》のグウェンは背が高く、髪も潔《いさぎよ》く刈り上げ、男装《だんそう》の麗人《れいじん》といった風情《ふぜい》。ひそかに憧《あこが》れている令嬢も多い、男前な護衛騎士なのだ。

グウェンは顔色ひとつ変えず、バッサリ切る。

「ご冗談はやめてください。困ります」

「本気も本気だ。私の魂《たましい》があなたをみつけた」

「お断りします」

しおー。だが、それがいい。素敵。女性たちの目がうっとりとグウェンに注《そそ》がれる。そう思ったのはブライアン王子も同じだったようで。とろけるような微笑《ほほえ》みを浮かべる。

「冷たい表情でさえも美しい」

「やめてください。率直《そっちょく》に申し上げて、気持ち悪いですね」

うわー、率直すぎー。相手、王子ですよー。さすがに周りがざわめいた。

その日から、グウェンを口説《くど》き続けるブライアン王子の姿が目撃《もくげき》されるようになる。

「美男美女ですわ。お似合いですわ」

「どちらかというと、美男美男という感じですけれど」

「いずれにしても、目の保養《ほよう》ですわ。美の掛け算ですわ」

「でも、グウェン様、ちっともほだされませんわね」

「わたくし、イヤよイヤよもだと思っていたのですが。どうやら違うようですわね」

人々は首を傾《かし》げる。竜人で王子で美形。しかも浮気《うわき》の心配がない。いったいなにが不満なのか。

「ひょっとして、グウェン様には他に好きな人がいらっしゃるのでは」

「そうですわ、きっとそうですわ」

「ブライアン殿下のあまりの美麗《びれい》さに、その可能性がすっかり頭から抜けていましたわ」

ブライアン王子にツガイ認定された、時の人グウェン。そのグウェンの意中の人とは。王都で賭《か》けが始まった。


「冗談じゃない」

王都の小さな飲み屋で、ドンッとビールグラスをテーブルに叩《たた》きつける時の人。

「みんなで、よってたかって。私が誰を好きだろうが、私の勝手じゃないか」

同僚《どうりょう》のレオニーが苦笑する。

「みんな、暇《ひま》なんだよ。それに、ネタとしてはおもしろいからさ」

「ひとごとだと思って。こっちは、仕事にまで支障《ししょう》が出てるってのに」

「まあねー。でもシルヴィア殿下はおもしろがっていらっしゃるから」

部下に横取りされて、最初はムッとしていたシルヴィア王女。今ではワクワクした目を隠《かく》さない。

「わたくしの初めての賭けですわ」なんてホクホク顔でグウェンに話しかける。返事のしようがないではないか。

「でもさ、何がイヤなの、マジで。条件は最高じゃないのよ。王子だよ、一生お金に困らない。しかも浮気しないんだから、安泰《あんたい》じゃん」

レオニーが首を傾《かし》げてグウェンを見る。

「私、お坊ちゃまが無理なんだよね。できれば拳《こぶし》で語り合いたいっていうか」

「グウェン、あなたも本当は伯爵令嬢なんだよ。そこんとこ、忘れないでよ」

「護衛騎士になったときにさあ。両親に、私を娘じゃなくて息子として見てって言ったんだよね」

レオニーが頭を抱《かか》える。

「それに、私、結婚《けっこん》したくないから。一生働きたいんだよね。せっかく子どもの頃からの夢だった護衛騎士になれたのに。なんで他国に行って嫁《よめ》をやらなきゃならんのだ。そんなの、私の人生設計にない」

グウェンは新しいビールをグビグビ飲む。

「いつか後悔《こうかい》しない？　子どもを生める年齢って限られてるよ」

「後悔したら、そのときまた飲んだくれるよ。今はね、子どもも夫も、欲しいと思わない。だって、私の命はシルヴィア殿下に捧《ささ》げたんだ。子どもと夫がいたら、シルヴィア殿下を一番に考えられなくなりそう。それが怖《こわ》い」

グウェンが怯《おび》えた目をしている。

「真面目《まじめ》すぎる。仕事だよ、人生と命を捧げる必要はないよ」

「シルヴィア殿下に護衛として選んでいただいたとき、本当に嬉《うれ》しかったんだ」

グウェンは幼女のときから男らしかった。姉弟とごっこ遊びをするときは、必ず姫を守る騎士役を買って出ていた。プレゼントは人形ではなく、剣《けん》や盾《たて》を欲しがった。誰かを守りたい、誰かに必要とされたい。その思いが強かった。

どんな人形よりかわいらしい姫様に、「あなたにします」そう言われたとき、生まれてきてよかった、そう思った。

「あいつ、なぜ姫様をツガイ認定しなかったんだ。だったら、話は簡単だったのに」

シルヴィア王女の婚約者は隣国《りんごく》の王子だが、あまり評判がよろしくない。もし、シルヴィアが竜人の王子にツガイ認定されたら、大手を振《ふ》って婚約《こんやく》を解消《かいしょう》し、竜人の国に嫁《とつ》ぐことができただろう。

「あの、空気の読めない、お坊《ぼっ》ちゃんめ。こうなったら、拳で分からせてやる」

ダンッ、グウェンの鉄拳がテーブルを粉砕《ふんさい》した。

グウェンは店主に平謝りして、テーブル代金と迷惑料を上乗せして、支払った。


翌日、ブライアンを呼び出したグウェン。単刀直入《たんとうちょくにゅう》に切り出した。

「あなたを愛することはない。どうか国に戻ってください」

「分かりました。では、帰る前に、グウェン様の鍛錬《たんれん》に参加させてもらいたい。いかがだろうか」

「まあ、一度なら。でも、人の姿のままで頼みます。竜になられると、大騒《おおさわ》ぎになりますから」

「もちろんです」

黙々《もくもく》と走り始めるグウェンに、ブライアンは淡々《たんたん》とつき従う。グウェンが少し速く走ろうが、高低差の激しい道を行こうが、ブライアンは息ひとつ乱さない。走り終わって、訓練所で懸垂《けんすい》、腕立て、綱登《つなのぼ》り、素振《すぶ》り、いつも通り取り組むグウェン。ブライアンもなんなくこなしている。

鍛錬が終わって、ふたりで水を飲む。グウェンの中のブライアンの好感度はかなり上がった。

「驚《おどろ》きました。すごく鍛えていらっしゃるのですね」

「竜人は人より強靭《きょうじん》な体にできていますから」

「もしできれば、剣の訓練にもおつき合い願えないでしょうか。素振りだけでは物足りなくて」

「喜んで」

グウェンは、最初は遠慮《えんりょ》していたが、しばらくすると遠慮なく打ち込むようになる。グウェンが全力で打っても、揺《ゆ》らぐことのないブライアンの体幹《たいかん》。グウェンはすっかり感心した。

ブライアンに「滞在期間中は一緒に鍛錬したいです」と控《ひか》えめに言われ、グウェンは思わず「ありがたい」と言ってしまった。

あっしまった、と思ったけど。ブライアンの嬉しそうな笑顔を見ると、撤回《てっかい》できなかった。

まあいいか、どうせ数日のことだろう、そう自分に言い聞かせる。

ところが、ブライアンは一向《いっこう》に帰らない。ブライアンと同行していた外交官たちが帰国したというのに、ブライアンは数人のおつきの人たちと共に残っている。

「ブライアン、いつまでいるんだ」

「もう少しだけ」

「他の竜人は国に帰ったじゃないか」

「もう少しだけ」

「おいおい」

グウェンが何を言おうが、ブライアンは柔和《にゅうわ》な笑顔でのらりくらり。ちっとも帰る様子が見えない。王子なのに、いいのか。でも、ブライアンと鍛錬を始めてから、グウェンの筋肉はさらに引き締まり、剣術の腕は数段上がった。それを思うと、帰ってしまうのは残念な気もする。でもなあ、やっぱりなあ、それは誠実ではないよなあ。

「私はひどい女だ」

「そうねえ」

「あなたを愛することはない、なんてひどいことを言ったくせに。ぬけぬけとブライアンを利用している」

「そうねえ」

「クソみてえな女だ」

「そんなことはない。あなたは私の太陽です」

「げえっ」

いつもの飲み屋で、いつものように同僚にくだを巻いていたのに。いつの間にか右側にブライアンが座っていた。左側の同僚レオニーはニヤニヤしている。

「私はグウェンと一緒に鍛錬できれば、それで幸せなのです。いつまでも一緒に鍛錬しましょう」

「いやいや、王子が何言っているんだ。それはさすがにダメだろう」

「家族はいいと言っているのです。だから大丈夫です」

「いやいや、おかしいから、それ。それに、シルヴィア様が他国に輿入《こしい》れされるから。無理だよ」

「私もついて行きます」

「いや、何言ってんの。そんなことできるわけないじゃない。竜人の王子だよ」

ところがブライアンはどこ吹く風。グウェンが気づいたときには、国王とシルヴィア王女の許可までとりつけてしまっていた。

「シルヴィアを護衛するグウェンを、ブライアン殿下が護衛してくださるそうだ。ありがたいことだ」

「竜人の王子殿下が護衛についてくださるなんて。わたくしの価値が爆上がりなのですわ。おかげで、新たな縁談が豪雨のように降ってますの」

シルヴィアは、ミルクを前にした猫のようにご機嫌だ。尻軽《しりがる》で浮気することがほぼ確定の今の婚約者より、もっといい殿方《とのがた》を。シルヴィアはニマニマしながら釣り書きを眺《なが》めている。

「お父様と話し合ってね、婿入《むこい》りしてくれる人にすることにしたわ。だってブライアン王子殿下をおいそれと他国に渡すわけにはいかないじゃない。竜人の王子でグウェンに忠誠《ちゆうせい》を誓《ちか》っている。つまりは我が国に忠誠を誓っている、みたいなものじゃない」

「そう、なのでしょうか。よく分かりませんが」

グウェンは居心地《いごこち》が悪くて仕方がない。ブライアンのことをまた利用してしまっている。何も、返せないのに。

「グダグダ言ってないで、つきあってみればいいじゃん。お試しってやつ」

「王子相手にそんな。不敬《ふけい》だろう」

「鍛錬の相手させてるのに、何言ってんだか」

「うっ」

「ブライアン殿下、いいと思うけどなあ。権力でグウェンを囲い込んだり、連れ去ったりしないじゃない。自分にできることをして、グウェンの心が変わるのをずっと待ってる。誠実《せいじつ》だよ」

「そうだね」

ツガイ認定すると、理性が吹っ飛び、相手を強引に従わせる獣人もいると聞く。連れ去って既成《きせい》事実《じじつ》を作って逃げ場をなくしたり。権力と腕力で外堀《そとぼり》を埋《う》めたり。執念深《しゅうねんぶか》く、容赦無《ようしゃな》いのが、ツガイを前にしたときの獣人。そう思っていた。だから、ブライアンにツガイ認定されたとき、心の底から本当に迷惑だったのだけど。

いつの間にか、マブダチになってしまった。恐ろしい。これも策略《さくりゃく》なのだろうか。

グウェンはビールをグッと飲み干す。

「ブライアンと腹を割って話してみる」

「いいんじゃない。こんだけ尽くして待ってくれてるんだもん。デートぐらいしてあげたら」

「デート。ここでごはんでも食べるか」

「いいんじゃない。ふたりがどんな話をしたのか、王都中の人が知ることになるけどね」

グウェンがさっと後ろを向くと、グウェンをガン見していたおっさん連中がスッと目をそらした。

「聞いていたのか」

「そら聞くだろう。あの色気のイの字もなかったグウェンが、デートってんだから」

「祝杯《しゅくはい》あげたくもならあな」

おっさんたちが真面目な顔でグラスを掲げ、グイッと飲み干した。

グウェンは伯爵令嬢だが、見た目も中身も男っぽいので、飲み屋のおっさんたちと気が合うのだ。だからといって、自分の初デートを知られたいとは思わない。

「ここは、なしだな」

「そうねー」

「どこに連れて行けばいいのか」

「グウェンがグウェンらしくいられる場所がいいよ」

「訓練所か」

「そこ以外で」

「うむ」

同僚で友人のレオニーが優しい目でグウェンを見ている。グウェンは考えすぎて気持ち悪くなってきた。

「グウェンと一緒なら、ブライアン殿下はどこでも喜ぶと思うよー」

「そうかな」

「気楽にね」

「うむ」

考えて考えて、オエッとなるほど考えて。グウェンはブライアンを買い物に誘った。買い物デートは沈黙《ちんもく》が気にならず、お互いの価値観を知るのにピッタリだと、シルヴィア殿下とレオニーに言われたから。

「ここは裏通りにあって目立たない店なんだが。掘り出しものの武器を売っている」

「それは楽しみだね。私の手に合う籠手《こて》があるといいのだが。グウェンの剣を受けていると、どうしても籠手に負担がかかるからね」

「オヤジに相談してみよう」

グウェンは重々しく頷《うなず》いて、武器屋のドアを開ける。

「おやっさん、この人に合う籠手、頼むわ。金ならある」

グウェンは貯《た》めていた金貨が入った袋を、ドンッと机に置く。サッとブライアンが袋を取り、グウェンのカバンに戻した。

「金なら私も十分あるから、勘弁《かんべん》して、グウェン。自分で買うから」

「いや、今日はお詫《わ》びの意味もこめているから。私に払わせてくれ」

「お互い、プレゼントしあったらいいんじゃないすかねえ」

武器屋のオヤジがニカッと笑う。グウェンは、うんと頷いた。

「いい考えだ。なら、私は短剣だな。投げやすいヤツがいい」

「籠手と短剣ね」

グウェンはいくつも並べられた短剣を、的に向かって次々と投げていく。薄くて軽い両刃の短剣を選んだ。

「太ももにベルトして、そこにしまっておきたいんだ。できれば五つぐらい」

オヤジが短剣を収納《しゅうのう》できるベルトを出してくれた。

「これなら刃の全体が革の中に収《おさ》まるから、太ももを傷つけることもない」

「いいね」

グウェンはニコニコしながら革ベルトを太ももに巻き、短剣を五つ収めた。

「投げナイフは、敵に投げ返されるからなあ。致命傷が与えられるように、刃先に毒《どく》を塗り込んでおいてもいいかもしれんぞ」

「それこそ投げ返されて、殿下に当たったら危ないじゃないか。投げ返せないように目を狙うよ」

「そうだな。お前さんならそれもできるだろう。オマケの研《と》ぎ石《いし》をつけてやろう」

「いつもありがとう」

仲良く新しい武器について話しているグウェンとオヤジの隣で、ブライアンは籠手を慎重に調べている。

「うん、どれも気に入った。全部いただこう。ただし、グウェンに払ってもらうのはひとつだけだ」

ブライアンはさっさと籠手と短剣とベルトの代金を机の上に置く。

「毎度あり」

オヤジが素早くお金をしまったので、グウェンには止めることもできなかった。

「仕方ない。ではこの籠手の代金を払わせてもらうよ」

「ありがとう」

コトリと金貨を置くと、オヤジとブライアンが揃《そろ》ってお礼を言う。

「籠手は、ここに届けてくれるかい」

ブライアンがサラサラッと紙に届け先を書くと、オヤジは親指を上げた。

「また来てください」

「ああ、また来る。グウェンとふたりで」

グウェンは喉《のど》がうぐっと詰まって、モゴモゴ挨拶《あいさつ》した。

武器屋を出て、ブライアンに次の計画を明かす。

「湖《みずうみ》に行って、魚を獲《と》って、焼いて食べよう」

いつもの飲み屋の個室に行くことも考えたが、絶対に盗み聞きされると思ったので、やめた。

森の奥の湖。静かで、人目を気にする必要がなく、危ない魔物も出ない。ピクニックデートにピッタリだと、家族に言われた。気を利《き》かせた家族が、必要な道具類を手配してくれている。

既《すで》に石が組まれ、焚《た》き火《び》用の木の枝も積み重ねられている。野菜やお菓子、酒まで木箱に入れて置いてあった。

「魚を獲ってくるから、ブライアンはここで火をおこしてくれないかな」

「分かった」

ブライアンは野営もしたことがあるらしく、手際よく焚き木に火をおこしている。

グウェンはズンズンと湖のそばまで行くと、パパッと服を脱いだ。もちろん全裸《ぜんら》ではない。ちゃんとした肌着を着ている。遠くでブライアンが奇声を発しているが、気にしない。

ザブンッとグウェンは湖に飛び込んだ。静かに泳ぎ、潜っていくと大きな魚がいる。

シュバッと銛《もり》を突《つ》く。いくつか魚を仕留めると、悠々《ゆうゆう》と泳いで岸に戻った。

「さあ、焼こうか」

ブライアンは口をパクパクさせている。きっとお腹が空いているのだろう。魚に鉄串《てつぐし》を通し、焚き火の周りの地面に刺す。

フワッとグウェンの頭にタオルがかけられた。

「風邪《かぜ》をひくといけない。拭《ふ》くよ」

ブライアンが遠慮《えんりよ》がちな手つきで、グウェンの髪を拭いてくれる。犬になった気分でくすぐったい。自分でやるって言おうと思ったけど、なぜだかそのままゴシゴシされるにまかせた。

火に燻《いぶ》されてグウェンがすっかり煙臭《けむりくさ》くなった頃、魚が焼け、グウェンの濡《ぬ》れた肌着も乾いた。

グウェンは服を着て、魚をブライアンに渡す。

「熱いから、気をつけて」

フーフーしながら食べる熱々の焼き魚。最高だ。ワインをグラスに入れ、ブライアンに渡し、自分も飲む。

「おいしい」

ブライアンが明るく笑った。グウェンはじっとブライアンを見つめ、口を開く。

「ブライアン。あのとき、あなたを愛することはない、なんて失礼なことを言った。すまなかった。そんな無礼な私の訓練相手になってくれて、ありがとう」

ブライアンは真面目な顔をしてグウェンを見ている。グウェンはワインをガブッと飲んだ。

「結婚がどんなものか、想像もつかないけど。ブライアンがいいなら、いずれ結婚してください」

「もちろん、いつまでだって、待つよ」

ブライアンは心から幸せそうに笑った。


割とすぐ、グウェンとブライアンは結婚した。竜人とヒトの間に、子どもは生まれにくいという話だったが、ものすごく元気な、玉のような娘が生まれた。

グウェンは体が戻ったら、すぐにシルヴィア王女の護衛に復帰《ふっき》し、シルヴィアの度肝《どぎも》を抜いた。

「せめて、一年ぐらいは育休《いくきゅう》を取りなさいな」

「いいえ、もう十分休みました。仕事をしていないと、落ち着きません。それに、娘の世話は、私よりブライアンの侍女《じじょ》の方がうまいのです。そして侍女は竜人なので屈強《くっきょう》です。安心して娘を預けられます。私は娘をかわいがる専門でいようと思います」

グウェンはキリッとした顔で、やや情けないことを言っている。


「辛《つら》くなったらすぐ休むのですよ」

「はい、ありがとうございます。何かあったら、ブライアンが代理をしてくれます」

グウェンの背後には、ブライアンが立っている。

「シルヴィア殿下、ご安心ください。いつでも妻とシルヴィア殿下を抱えて、飛んで行く準備は整っています」

「ありがとう」

シルヴィアは少し引きつった顔で、おかしな夫婦に礼を言う。

やや脳筋な女騎士と、彼女を溺愛する竜人王子。ふたりに守られて王国は繁栄《はんえい》するのであった。

＊＊＊

「ということがあったんだよ」

「めでたしめでたし。という風に聞こえましたけれど」

「表向きはね。純愛だし、いい話でまとまっている。でも、国同士で見るとなかなか」

エーミールは苦笑いを浮かべる。

17 ツガイの功罪

エーミールの話によると、グウェンとブライアンの純愛は、各国にかなりの波紋《はもん》を広げたらしい。

「竜人はとにかく強い。一騎当千《いっきとうせん》と言っていい存在だ。そんな破格の強さを誇《ほこ》り、かつ王族の竜人がヒト属の王族の護衛《ごえい》におさまった。国同士の力関係が一挙《いっきょ》に崩《くず》れた」

「そうですわね。周りの国からしたら、たまったものではありませんわね」

隣国《りんごく》が急に核兵器《かくへいき》を持ったみたいなものだろうか。ゾーイはため息を吐《つ》く。

「しかも、竜人は寿命《じゅみょう》が長い。圧倒的な武力が長期間、ヒトの国にとどまる。我が国にもぜひ、そう思う国があっても不思議ではないだろう」

「二匹目のドジョウ。もとい、ふたり目の竜人を我が国にともくろむ国が出たのですわね」

「大騒《おおさわ》ぎだったらしいよ。各国が、多様な女性を連れて、竜人国を訪《おとず》れた。竜人国も、事の重大さに慌《あわ》てたね。お互いにとってよくない。国交を断絶《だんぜつ》しよう、そういうことになった」

「まあ、随分《ずいぶん》と思い切ったことを」

「今まで、獣人《じゅうじん》がヒトをツガイと認定したときは、ヒトを獣人国に連れてくることがほとんどだったから。まさか獣人の中でも最高峰の竜人王子がヒトの国にとどまるとは、誰も思っていなかった。その影響力も分かっていなかった」

たったひと組の純愛が、引き起こした大騒動。グウェンもブライアンも、さぞかし身をもんだだろう。ゾーイは遠い目をする。

「そうだ、ブライアン殿下《でんか》ならば、獣人国にも話を通しやすい。ブライアン殿下に相談してみよう」

「あ、まだ」

ご存命なのですね、とは続けられず、ゾーイは口ごもる。エーミールはすぐに察してくれた。

「残念ながらグウェン様はもう。人としては十分に長生きだったけど、竜人の寿命とは比べ物にならないから。だけどブライアン殿下と竜人の血を引く娘さんは、まだあの国にいらっしゃる。早速手紙を書いてみよう」

ゾーイとエーミールは失礼にならないように、でも聞きたいことは聞かなければと、頭を悩ませて手紙をしたためた。

＊＊＊

リリアンの朝は、父ブライアンを叩《たた》き起こすことから始まる。

「パパ、起きて。朝ですよー。しぼりたてのオレンジジュースができてますよー」

ブライアンはベッドの上でゴロゴロしながら、うつろな目を開ける。

「リリアン、おはよう」

ブライアンは抱きしめていたガウンを丁寧《ていねい》にたたむと、枕《まくら》の上に置く。

「ママのガウン、もうボロボロだね」

「そうだね」

リリアンは父の手を引っ張って助け起こす。ふたりでゆっくり朝食を取り、今日の予定について話す。

「あ、そういえば、グレンツェール王国から手紙が届いてたよ」

リリアンが手紙を渡すと、ブライアンはさっと読んで、またリリアンに返した。

「なかなかおもしろい。読んでごらん」

リリアンは上質な紙に書かれた、読みやすい文字を読んでいく。思わず、クスリと笑いが漏《も》れた。

「人化できない獣人を人気者にしただなんて。おもしろい試《こころ》みね。そうね、いくら人の国で幸せになれるとしても、捨てられない方がいいわよね。獣人国とどう話をしていけばいいか、助言が欲しいと。うーん」

「竜人国の王が、ひと声言えば、そうなるが。それをしてもいいと思わせる、何かがないと」

「何か、ねえ。そこを知りたいんでしょうけど。なんにも思いつかないわ」

「この件はリリアンに任せていいかい？　女性同士の方が忌憚《きたん》のない意見が出しやすいだろう。率直なご令嬢のようだし」

「そうね、分かった。文通してみるわ」

グレンツェール王国のゾーイという令嬢の、まっすぐな文章が気に入ったリリアン。いそいそと手紙を書き始める。何通かやりとりするうちに、リリアンとゾーイはすっかり打ち解けた。リリアンはあけすけに悩みを打ち明けるようになる。

『父はいまだに母のことを忘れられないの。母が亡《な》くなって、何十年も経つのに。父はよく色んなところを懐《なつ》かしそうに見つめているの。母のことを思い出しているんだと思うわ。私、ツガイという仕組みが怖い。誰かをあれほど愛して、そしてその人を失ったら。その後、どうやって生きていけばいいのか。父は、母に出会えて幸せだって、ずっと言ってるけど』

リリアンはインク壺《つぼ》にペン先をひたしながら、ため息を吐《つ》いた。母の面影《おもかげ》を探し、母のガウンを抱きしめて眠る父をずっと見てきた。いまでも母だけを愛し続けている父。確かに純愛かもしれないけど、見ている方はたまらない。

「リリアンにもそのうち分かるよ。ツガイを見つけたときの歓喜《かんき》。白黒だった世界に色がつき、無《む》臭《しゅう》だった花が芳香《ほうこう》を放ち、安物のワインが極上に変わるような、そんな瞬間。生きている、そう実感する」

父はいつだって、幸せそうに言う。母がいなくなっても変わらず。リリアンには理解できない。母を看取《みと》ったときの絶望、喪失感《そうしつかん》、空白。そして、父の心は半分、母とともにいってしまった。母を失った時の痛みを、ツガイを得たあとにまた感じるのであれば。ツガイになんて会いたくない。それがリリアンの本音《ほんね》だ。

『とにかく、寿命《じゅみょう》が同じぐらいの種族しか愛したくない。でも、自分の寿命がどれぐらいか分からない。困る。本当に困る』

リリアンの寿命は、おそらくヒト属より長い。でも、純粋な竜人よりは短いのではないか。そんな気がする。リリアンはヒト属ならとっくに老人の年齢だが、見た目は二十代のままだ。それも、ヒト属を愛することにためらう理由のひとつだ。中身は老婆なのに見た目は若い自分と、どんどん年老いていく相手。想像すると辛《つら》さしかない。

『そうそう、質問されていたこと、父に聞いてみたわ。どうやってツガイと分かるのかって。父がね、何日も食べてない状態で一番好きな料理を目の前にしたときの食欲、が一番近いのではないかって。ちっとも詩的《してき》じゃなくて、ごめんなさいね』

幸い、リリアンにはまだ経験のない感覚だ。できれば、ずっと味わいたくない。リリアンは冷めた目で、窓から外を眺《なが》めた。

手紙を送ってしばらくして、ゾーイから小包が届いた。

「あら、色々入ってるわね。何かしら」

リリアンは同封されていた手紙を読み、笑い出した。

「ゾーイったら。本当にいい子なんだから。パパー、ゾーイから妙《みょう》なものがたくさん送られてきたわよー」

リリアンは父の前で小包の中身を広げていく。

「ツガイ対策用の秘密道具ですって。どれが効《き》くか教えてほしいって。えーっと、感覚を遮断《しゃだん》すればいいのではないかと仮説を立てた。ひとつずつ試してください。と書いてあるわ。パパ、試してみてよ」

リリアンはまずメガネを取り出した。

「奇妙なメガネだわ。まるでガラス瓶《びん》のふたみたい」

目の周りを完全に覆《おお》うメガネ。美形のブライアンでもおかしな仕上がりになっている。リリアンは笑いがこらえられない。体を震《ふる》わせながら問いかける。

「どう、パパ。私のこと、あまり好きではなくなった？」

ブライアンにとって娘のリリアンは、特別な存在らしい。妻グウェンほどではないにしても、どこにいるか瞬時《しゅんじ》に分かるぐらいには際立《きわだ》っているというのだ。

「ほんの少しだけ、リリアンの輝《かがや》きが損《そこ》なわれたような感覚はあるが。それほど変わらないかな」

ブライアンは部屋を歩き回って、色んなところからリリアンを眺める。

「じゃあ、次、聴覚《ちょうかく》。これつけてみて」

ブライアンからメガネを受け取り、耳当てを渡す。

「お、これは。すごい。リリアンの声はかろうじて聞こえるが、他の音は消えた。静かだ。夜寝るときにいいかもしれない」

ブライアンは窓を開けて目をつぶり、風を感じている。

「私のことはどうなのよ？」

リリアンは大きな声で尋ねる。ブライアンは振り返って、小首をかしげ、ゆっくり振る。

「あんまり変わらないかな。リリアンの声の音楽性がわずかに減ったぐらいか」

「じゃあ、次これ。マスクだって。ヒモを耳にかけて、口と鼻をきっちり覆《おお》うみたい」

マスクをつけた途端《とたん》、ブライアンが目を見開いた。

「これは、リリアン、すごいかもしれない。リリアンを世界中の誰よりも大事、と思う気持ちが、リリアン以外も少しは気にかけてやってもいいかな、ぐらいになった」

「それは、効いているの、かしら？」

とんでもないことを言っているブライアンを、リリアンは引き気味で見る。

「効いているのではないか。リリアン以外は正直どうなろうが、どうでもいいと思っていたが。今は、他のひとたちも幸せになってほしいと願えるまでに。ものすごい進歩だ」

「パパ、そういうこと、他の人の前では絶対に言わないでよ」

周りからどんな目で見られるか。リリアンはブライアンを半目でにらむ。

「よかったな、リリアン。これがあれば、旅行に出られるぞ。竜人国に帰ってもいい。国王陛下と話をしないといけないが」

「そっか、そうだよね。引きこもってたけど、マスクが効くなら、外に出られる」

突如《とつじょ》、リリアンの目の前が明るくなった。ツガイに出会ってしまったらどうしようと、それが怖《こわ》くてほとんど外出していなかった。ずっと行きたかった、父の国にも行ける。なんなら、どこの国にだって。

「ゾーイにお礼の手紙を書くわね」

リリアンはお礼の気持ちを丁寧に長々と、余すところなく書き、手紙を送った。そうすると、またゾーイから小包が届く。

「まずは、我が国にぜひお越《こ》しください、だって。もちろんよ、ゾーイ。あら、また変なのが入ってるわ」

大きな丸い物体。半分は黒く、半分はガラスのように透《す》き通《とお》っている。

「騎士《きし》の兜《かぶと》のような物です。マスクだけでは不安なときは、これを頭にかぶってくださいい、ですって」

リリアンは長い髪を邪魔にならないように三つ編みにし、クルクルと頭の後ろでまとめる。恐る恐る、奇妙な兜をかぶってみた。

「なんて、静かなの」

世界は音であふれていたのだと、今気づいた。

「でも、無音だと外では危ない気がするわね」

馬車に気づかず、ひかれてしまうかもしれない。馬車にひかれたぐらいで、壊れてしまうようなヤワな体ではないが、それにしてもだ。ゾーイの手紙を読み直すと、兜の使い方が細かく書かれている。

「まあ、調整ができるのね」

耳のところについているネジを回すと、音が聞こえる。額のところのネジで視界が明るくなったり暗くなったり。顎《あご》あたりのネジで、部屋の匂いの強度が変わった。そのとき、部屋に入ってきたブライアンが、兜をかぶったリリアンを見て固まる。

「パパ、私よ。ゾーイがツガイ認定を完全に防《ふせ》ぐ兜を作ってくれたの。普段はマスク、いざとなったら兜をかぶれば、もう男に会うのも怖くないわ」

「それは、よかったね。できれば、いつか、リリアンがツガイを見つけてくれるといいなと思うけど。リリアンが自然にそう思えるまで、ゆっくり時間をかけるといい」

ブライアンは優しくリリアンを抱《だ》きしめた。

ブライアンは現国王に旅立ちを告げた。グウェン亡《な》き後も国に残り、近隣諸国《きんりんしょこく》に平和をもたらしたブライアンとリリアンに、王家は深く感謝した。

「長い間、我が国にとどまってくださり、ありがとうございます」

「ここは妻と娘の祖国《そこく》で、私の第二の祖国でもあります。離れても、この国を思う気持ちは変わりません。また来ます」

国王やお世話になった人たちに別れを告げ、ブライアンとリリアン、竜人の側近たちは竜の姿になって飛び立った。

この国で竜化するのは初めて。王都中の人たちが通りに出て、空を見上げている。ブライアンたちはゆっくりと王都の上を旋回したあと、ゾーイの国に向かって飛んでいく。

途中にある王国にも短時間、立ち寄って「旅に出るけど、また戻ってくるから、あの国に悪さしないでね。今まで通り仲良くね」と伝え、釘《くぎ》を刺しつつ移動する。

自分たちのいない間に、戦争など始められたら、怒りで隣国《りんごく》を燃やしてしまうかもしれない。

ゾーイのいる王宮庭園に、竜の姿で着地する。人化していく間に急いでガウンをまとい、マスクをつけた。リリアンだけは兜《かぶと》をかぶる。

ブライアンがエーミールに挨拶をし、リリアンがはにかみながらゾーイに微笑《ほほえ》みかける。

「ようこそいらっしゃいました。やっと会えましたね」

「ゾーイ様。色々ありがとうございました。会えて嬉《うれ》しいです」

ゾーイとリリアンは見つめ合い、笑い合い、手を握った。

「国外に出たのは初めてなのです。ゾーイ様のおかげです。マスクと兜があれば、怖《こわ》くありません」

「よかったですわ。他にも色々と研究しておりますの。マスクはともかく、兜をずっとかぶっているのは大変ですもの。どれが効《き》くか、試してくださいな」

「パパに試してもらいますね」

リリアンはニコニコ笑った。

部屋に案内し、着替えてひと息ついたら、早速試作品の実験だ。ブライアンとリリアンは、ゾーイの研究所に案内される。

「これは」

「すごいですわ」

白衣を着た老若男女がいっぱい。忙しそうに働いている。

「私の夢と妄想《もうそう》と欲望を実現するための研究所です。儲《もう》かっています。税金に頼らず、自力で稼《かせ》げ、尚且《なおか》つ民にお金を回せる公共事業の側面も持ちたいと。私、欲張りなのです」

ゾーイはイタズラっぽい笑顔で言う。リリアンはすっかり感心してしまった。税金を疑問に思う

ことなく使っていた自分が、恥ずかしくなる。そういえば、マスクや兜のお礼もまだであった。

「兜やマスクのお礼をどうすればいいかと悩んでいたのです」

「お礼は不要ですわ。試作品に使用実験は不可欠なのです。ツガイにまつわることは謎が多いでしょう。ブライアン殿下とリリアン殿下のおかげで、色んなものが製品化ができそうなのです。お礼を申し上げるのは、私の方ですわ」

リリアンは困ってしまったが、ブライアンに背中をそっと押される。

「では、使用実験に協力させてください。そして、製品化されたら各国にオススメします」

ブライアンの言葉にゾーイがパァッと明るい笑顔を見せた。

「ありがとうございます。何よりのお言葉ですわ。獣人国に売り出したいのですが、あまり伝手《つて》がございませんの。ツガイ防止魔道具、需要があるといいのですが」

「あると思いますよ。私とリリアンが使えばいい宣伝になるでしょう。宣伝しながら、人化できない獣人の奴隷《どれい》化対策についても、解決策を探って来ましょう」

ゾーイは感激の表情を見せながら、手を握《にぎ》り合《あ》わせる。

ああ、なんてかわいらしい人だろう、リリアンは心の中でつぶやいた。獣人奴隷のことをここまで心配するなんて、いい人すぎて逆に心配だ、とも。

そんなリリアンの心配を知ってか知らずか、ゾーイは身を乗り出して説明を始める。

「ツガイを決めるのは嗅覚《きゅうかく》だと考えています。ヒト属《ぞく》に比べ、獣人属は全体的に嗅覚が鋭いのだと思います。ヒト属は視覚で判断する割合が多く、犬は嗅覚、猫は聴覚と文献《ぶんけん》で読みました」

「ああ、だから、メガネや耳当てなどで試したのか」

「はい、結局マスクが一番効果的でしたよね。ということは、少なくとも竜人は嗅覚が重要なのではと」

ゾーイの言葉にブライアンとリリアンは目を合わせる。今まで考えたこともなかった観点だ。

「マスクと兜をかぶっていれば、ツガイをみつけてしまうことは防《ふせ》げます。でも、他の獣人からツガイ認定されることは止められません」

「あ、本当だわ」

「ですから、ツガイ認定されないための小道具をいくつか作りました」

ゾーイはズラッと机の上に小道具を並べる。

「まずは香水です。ニンニク香水、腐ったタマゴ香水、強烈なバラ香水、ドリアン香水、タマネギ香水──」

「ちょ、ちょっと待って。これをつけるのは、無理ですわ。私、兜をかぶっている時点で社会的にほぼ死亡ですもの。その上、異臭まで放つようになっては」

リリアンの言葉にゾーイがハッとした顔をする。

「確かに。なぜそのことに思い至らなかったのかしら、私」

「ゾーイ様、僭越《せんえつ》ながら私、何度かお諫《いさ》めいたしました。ですが、お嬢様と研究者たちはすっかり盛り上がっていらっしゃり。少しだけつければいいじゃなーい、と仰《おっしゃ》っておりました」

ゾーイの侍女《じじょ》が後ろからスンッとした表情で口を挟《はさ》む。

「そう、だったかしら。なんてこと、私ったら。でも、少しだけなら、いかがでしょう。試しに私が、最も強烈なドリアン香水を一滴つけてみますわ」

止める間もなくゾーイが香水瓶《びん》を開け、ブライアンとリリアンは窓際《まどぎわ》に駆《か》けて行く。ゾーイはポカンと口を開けた。

「まあ、そこまでですか？」

「マスクと兜のおかげで、なんとか大丈夫です」

ブライアンとリリアンは窓を開け、空気を入れ替えながら、苦笑いする。

「香水は封印します」

しょんぼりした様子で、ゾーイは香水を箱に戻す。

「香水がダメなら、食べてみるのはいかがでしょう？　ニンニクとかタマネギとか」

めげないゾーイ。遠慮《えんりょ》がちにふたりに問いかける。

「ただの口臭《こうしゅう》がひどい女になりますよね、私」

リリアンが困《こま》った顔をする。

「ですよね。分かりました。料理人と相談して、口臭以外の何かを出せる食べ物を調べます」

何かって、何かしら。ビクビクしながらも、リリアンは口には出さなかった。その日から、毎日新しい食材が出され、リリアンが食べることになった。

「キャベツですわ」

「キャベツですね」

首を傾《かし》げながらも、千切りにされた生のキャベツを食べる。翌日《よくじつ》は茹《ゆ》でたキャベツ、翌々日は炒めたキャベツ、酢漬《すづ》けのキャベツ。手を替え品を替え、色んなキャベツが日替わりで出された。

「キャベツは、ダメでしたわね」

ブライアンの反応を見て、ゾーイは肩を落とすが、すぐに気を取り直した。

「まだ、始めたばかりですもの。諦めるのは早いですわ」

カリフラワー、アスパラガス、カブ、卵、魚、肉、様々な香辛料。根気よく試した結果、ふたつの食材で効果が見られた。

「アスパラガスとクミンですか」

「あれらを食べたあとのリリアンは、リリアンらしさが半分になった」

ブライアンが悲しそうな目で言う。リリアンは不思議そうに自分の腕の匂いをかいだ。

「毎日同じ食材を食べると、その食材を体が受けつけなくなるかもしれません。アスパラガスはいざというときの切り札にしてください。例えば、初めて行く国で、多数の男性に会う前など」

ゾーイが真剣な目でリリアンを見る。リリアンはゾーイをギュッと抱きしめた。

「ゾーイ、本当にありがとう。私、できるだけ長生きして、ゾーイを守るわ」

「ゾーイ、心から感謝する。おかげで、リリアンが怯《おび》えずに人に会うことができる。私は、獣人国と外交をしてこよう。リリアンはここでゾーイを守りなさい。随時《ずいじ》、手紙を送るよ」

ブライアンは侍従《じじゅう》を連れて、竜になって飛び立った。

こうして、ゾーイは最高で最強の友だちを得たのであった。

19 運営はつらいよ

サナは朝からため息が止まらない。ユーザーからの問い合わせメールがエグいのだ。

『カムロがまーたパクッてます。カムロのこの新作、ノンタさんのとそっくり。もういい加減、カムロを垢《あか》バンしてくださいよ』

『運営、いつまでパクリ四天王カムロを放置してんの。書籍化作家だからひよってるとか？　ダッセ』

『御社の対応の遅さに幻滅《げんめつ》しました。もう退会します』

サナは思わず立ち上がった。

「ううっ、胃がキリキリする」

胃のあたりを手でさすりながら、オズオズと上司の席まで行った。

「あの、課長。カムロさんの新作がまたパクリって、ユーザーさんたちからメールがたくさん届いています」

「ああー、あの人ねー。あー、でもなー。パクられ側から連絡こないことには、こっちは動けないからなー。いつも通りの対応でよろしく」

「はい」

サナはトボトボと席に戻る。垢バンできればいいのに。でも、腐《くさ》っても書籍化《しょせきか》作家先生。コアなファンと仲間も多い。下手に動いて炎上《えんじょう》したくない。サナはいつも通りの対応をする。見なかったフリ、だ。

「あーあー、誰か、カムロさんに、いい加減にしなさいって言ってくれないかなー。私は無理だけど」

誰にも聞こえないように、小さな声で愚痴《ぐち》った。サナは開いたメールをひとつずつ削除《さくじょ》した。

＊＊＊

神作家、カムロの朝は早い。目覚めてすぐ、スマホでネットのチェックをするのが日課だ。いくつかの小説投稿サイトのランキングを見て、目ぼしい作品をピックアップ。ターゲットが見つかったら、コーヒーを入れる。作家だから、コーヒー豆にはこだわっている。コーヒーは、脳のエンジン。作家は脳が命。深い香りを楽しみ、苦みと酸味を味わいながら、パソコンの前に座り起動する。

手を組んでギュッと前に伸ばす。首をゆっくり動かし、深呼吸したらワードを立ち上げる。

「まずは、これをコピペ」

某大手サイトのランキング上位にあるハイファンタジー作品をポチッと開くと、表示される話数を次々とコピペしていく。

「男向けハイファンタジーなら、おっさん、追放、バフ、ハーレム、ざまぁが人気だよなあ。みんな、よっぽどストレス溜まってんだな。無理もないけど」

世の中、暗い話題ばっかり。戦争、病気、増税、円安、少子化、高齢化《こうれいか》、天災、猛暑《もうしょ》、クマ。テレビをつければ気が滅入《めい》る。

「報われない、奴隷《どれい》市民をスカッとさせてやらないと」

コピペした作品をざざっと流し読みし、登場人物の名前をワードの一括変換《いっかつへんかん》で置換《ちかん》していく。あとはちょいちょいと展開を変えれば終了だ。

「ふう、できた。なかなかはかどったな」

メールを開けて、業者に連絡する。

「この作品に五千ポイント、よろしくお願いしますっと」

振込《ふりこ》みをしたら完了だ。

小説投稿サイトにログインして、新作を投稿していく。ポイントをつけ合っているサークル仲間にも連絡すれば、順調にポイントが上がっていく。

「よしよし。これで夜にはハイファンのトップにいけるだろう。感想欄《かんそうらん》を掃除《そうじ》しておくか」

届いている感想を見て、問題があるものは削除、どうでもいいのは放置だ。

「この作品、あれのパクリですよね。恥ずかしくないんですかだって。恥ずかしくありませーん。パクられるのがイヤなら、投稿しなきゃいい。つーか、みんなやってんじゃん」

うざったい感想は即座に削除、ブロック、ミュートだ。こうやってゴミを排除《はいじょ》していく。やかましい感想を消せば、あとは信者の絶賛コメントだけが並ぶ。美しい。感想の後はメールだ。投稿サイト内のメールで他作者と交流ができる。当《あ》たり障《さわ》りのないメールの中に、ひとつ捨て置けないものがあった。

「あなたの投稿したこの作品、私の作品の盗作ですよね。運営にも連絡しました。即座に削除してください、か。ちっ、めんどくせえな。どれのことだ」

速筆で多作を信条としているので、投稿作は三桁《さんけた》に上る。記憶にもほとんど残っていない作品を開いてみる。

「覚えてないな。誰のをパクッたなんて、いちいち覚えてないからなあ。どうすっかなー。まあ、でもこれ、ポイントもそんなに取れなかったし、出版社からもオファーが来なかったヤツか。じゃあ、削除しとくか」

作品をサクッと消し、うざいメールも一緒に削除だ。すぐにまたメールが来た。

「今後一切、私の作品をパクらないでください。運営に垢バンされないのが不思議でなりません。ざまぁ作品を書いているあなたが、最もざまぁされるべき悪人ですよね。恥を知れ、か。うるせー、黙れ、書籍化されたこともない、ワナビ野郎。いくつも書籍化された神作家に向かって生意気な」

サイトをブチッと消すと、部屋の奥のサンドバッグを殴る。

「クソッ、死ねっ、ゴミカスが。負け犬のくせに」

サンドバッグをボコボコに痛めつけていると、気分が落ち着いてきた。冷蔵庫からスポーツドリンクを取り出し、ゴクゴク飲んでいると、突然床がピカッと光る。

『市民からのヘイトが一定数に達しましたので、異世界に転移します』

感情のない、ロボットのような声が頭に響いた。

『殺人なし、殺人ほう助なし、強盗《ごうとう》なし、窃盗《せっとう》なし、放火なし、銃刀法違反《じゅうとうほういはん》なし、脅迫《きょうはく》なし、盗撮《とうさつ》なし、不法投棄《ふほうとうき》なし、名誉棄損《めいよきそん》なし』

ロボット声が淡々《たんたん》と犯していない罪《つみ》を読み上げる。少しくだけた口調で続けられた。

『詐欺《さぎ》は、まあ詐欺ってほどでもないか。盗作あり、だね。たいした罪ではないけど。市民からの怨嗟《えんさ》がたまりまくっているから転移ってことで。勇者チートなし、言語チートあり、ハーレムなし。でも、そこそこいい環境に行かせてあげよう』

「ええ、ちょっ、まっ」

カムロは時空のはざまに吸い込まれていった。

＊＊＊

「カムロ先生、できましたー」

「おお、早いね。ちょっと待ってね」

カムロは少女が提出した書き取り表を受け取り、一つひとつ確認し、赤を入れていく。

「この字、すごく上手。こっちはちょっと歪《ゆが》んでるね。次はこの字に気をつけながら書くんだよ」

「はーい」

ロミーはニコニコしながら書き取り表を持って、席に戻る。

カムロは、あれから異世界の小さな町で教師をしている。言語チートのおかげで、言葉には困《こま》っていない。元作家ということも考慮され、それなりの厚遇を受けている。

「魔物討伐部隊《まものとうばつぶたい》とか、炭鉱《たんこう》とかじゃなくてよかった」

カムロは真面目《まじめ》な顔で机に向かっている子どもたちを見て、ホッと息を吐《つ》く。作家先生とチヤホヤされることはなくなった。刺激《しげき》も娯楽《ごらく》もほとんどない生活。でも、子どもたちのキラキラした目を見ると、薄汚《うすよご》れていた自分が浄化《じょうか》されていくように感じる。

ここでのんびり暮らしながら、異世界人向けに小説を書いてもいいな。カムロが未来を夢見ていると、ロミーが手を上げる。

「せんせー、おはなしの時間だよ」

「おはなしおはなしー」

「わーい」

子どもたちが、期待に満ちた目でカムロを見つめる。カムロはゆっくりと、赤ずきんのお話を語る。隣《となり》の子と手をつなぎあって、ドキドキハラハラしながら、カムロを見上げる子どもたち。めでたしめでたしで終わると、みんながワッと歓声を上げて手を叩《たた》く。

「そしたら、赤ずきんを真似《まね》して、みんなで新しいお話しを作ってみようか」

「アタシねー、アタシはねー、狼《おおかみ》が出てくるお話しにするね」

「僕はそしたら、おばあさんが狼食べるお話しにするー」

「それおもしろいー。私、おばあさんが狼食べたあと、森に他の狼を討ちに行くお話しにするー」

「ああー、ずるい。僕のお話しとったー。ダメー。せんせー、僕のお話しとるのダメだよね？」

ハンスのまっすぐな目は、カムロを信じ切っているように見えた。

「そうだね。他の人が作ったお話しをとったらダメだね」

「どうしてー、赤ずきんのお話しは真似してもいいのに。どうしてハンスのは真似しちゃダメなの？　どうしてー」

ロミーの追及《ついきゅう》に、カムロはうっと詰まった。

「それは。だって、そりゃあ。友だちの話はとっちゃダメだろう」

「赤ずきんはお友だちじゃないからとってもいいんだね」

「へんなの」

「ハンスはお友だちじゃないもん。私のリンゴいっつもとるもん。だから、お話しとってもいいんだもん」

「ああ」

カムロは頭を抱《かか》える。

「ああ、なんと言えばいいんだろう。なんて」

「ロミー、みんなも。カムロ先生を困らせないのよ」

教室の扉が開いて、優しそうな女性が苦笑まじりに子どもたちをたしなめる。ロミーがパッと目を輝かせた。

「ソフィーねえちゃん。わーい、むかえにきてくれたの」

「そうよ。売れ残りのパンを安く買ってきたから。帰ってスープと一緒《いっしょ》に食べましょう。カムロ先生もぜひ一緒にどうぞ」

「あ、はい。いつもありがとう、ソフィー」

カムロは照れ笑いを浮かべながらソフィーの誘《さそ》いをありがたく受けた。転移して、教師の仕事を得るまで、ソフィーがなにくれとなく世話を焼いてくれたのだ。いまだに、あれやこれやと頼《たよ》りっぱなしだ。

子どもたちを送り出し、教室のカギを閉め、三人で歩く。いつもロミーを真ん中に挟《はさ》み、カムロとソフィーがロミーの手を握って歩く。ときどき、ぴょーいとロミーを振り子のように持ち上げてやる。ロミーはキャッキャッと大喜び。まるで、本物の夫婦と娘みたいだ。カムロはこっそり心の中で思い、ついニヤけてしまう。ロミーは六歳、ソフィーは三十歳。年は離れているけど、姉妹だ。ソフィーの母、子だくさんで十五人も産んでいるのだ。

ずっと妊娠中《にんしんちゅう》の母と、家族を食べさせるために三つの仕事をかけもちしている父。そんな両親を助けるため、ソフィーは十歳のときから働いていたらしい。

「掃除《そうじ》の仕事をずっとしてたんだけど。大人になってからはパン屋で働いているの。余ったパンを持って帰れるから、食費《しょくひ》が浮くでしょう」

ひとりの女性が十五人も子どもを生み、大家族を助けるため児童が働く。日本では見聞きしたことがなかったけど、こちらでは割と普通だ。そんなに産まなきゃいいのに、とは思ってもいえない。きっと、避妊具とかないんだろうし。娯楽がない世界だから、そうなっちゃうんだろうし。

「それにしても、ソフィーはすごいな」

カムロは、甘ったれていた自分との差に愕然《がくぜん》とする。働いて弟妹を世話して、気づいたら婚期を逃しちゃった、って言ってた。

「すごくなんかないわよ。長女だもん、家族を助けなきゃ」

「だからって、結婚もせず、家族のために尽くしてきたなんてさ。いや、ソフィーが結婚してなくって、よかったんだけど」

ソフィーがニコッと笑い、カムロは胸がキュンッとする。日本では彼女はいなかった。つき合うなら女子高生っしょ、とか舐《な》めプしてたら、年齢イコール彼女いない歴《れき》になってしまっていた。でも、日本は風俗《ふうぞく》が盛《さか》んなので、困ったことはなかったけど。まさか、異世界で同い年の女性と恋仲になるとは、想定外だった。同い年なんて、ババアはお断りって、日本では思ってたのにさ。

右も左も、勝手が分からない異世界に飛ばされ、親身に助けてくれたのがソフィーだ。ヒナが親鳥についていくかのように、カムロはソフィーしか見えなかった。

掃除も洗濯も料理も、ソフィーに手ほどきしてもらって、なんとかできるようになってきた。だって、十四人の弟妹の面倒を見ているソフィーに、自分の世話までしてもらうわけにいかないし。何もできないと、生きていけないわけで。

日本では舐め腐《くさ》って生きてきたけど、異世界では必死にならないと生き残れない。チート能力のない、ただの凡人。魔物に襲われたら、震《ふる》えて命乞《いのちご》いするしかないザコ。幸い、この村には魔物は出ないらしいけど。レンジも洗濯機《せんたくき》もコーヒーマシーンもパソコンも、何もない世界。でも、本はある。言語チートはあったので、本は読める。

世界は変わっても、物語の基本構造は同じだ。何か欠けている主人公が、障害にぶち当たり、もがき、成長し、目的を果たす。欠けた存在が、少し立派になるのだ。

「ソフィーに、ソフィーだけの物語を贈《おく》るよ」

「ふふ、楽しみね。私、あまり読むの速くないんだけど。助けてくれる？」

「もちろん。なるべく読みやすくする。難しい言葉は使わない」

カムロの、カムロによる、ソフィーのための物語。出版する必要はない。一文字一文字、丁寧《ていねい》に書《か》き綴《つづ》り、自分で装丁して、ソフィーに捧《ささ》げるんだ。

ソフィーの家族と共に食事をし、すぐ近くの自分の家に帰る。ロウソクに火をともし、羽ペンをインクに浸《ひた》し、慎重《しんちょう》に書く。筆がのっていると、明け方まで書いてしまうこともある。ウンウン悩《なや》んでるうちに、机に突《つ》っ伏《ぷ》して寝てしまうことも。

＊＊＊

ハッと目が覚め、カムロは飛び起きた。

「ここは、どこだ？」

見慣れたアパートの一室。いつものベッド。点滅《てんめつ》しているパソコンとスマホ。

「そんな、あんなにリアルだったのに。まさか、夢落ちなんて。うそだ、うそだうそだー」

『異世界に転移して優しい異世界オネーさんと結婚《けっこん》。まったくバツになっとりませんがなーって、市民からのクレームが殺到《さっとう》しそうなので、夢落ちにしましたー』

「くっ」

腹立つー。神経を逆なでする、やや小バカにしているような口調に、怒りが最高潮《さいこうちょう》に達した。

『心を入れ替えて、まっとうに生きなさい。もう盗作と不正はしないように』

「くっ」

カムロは見慣れた天井《てんじょう》を見上げながら、ギリギリと歯を食いしばった。ガバッと起き上がると、パソコンの前に座り、ワードを立ち上げる。

「くそっ、バカにしやがって。誰の真似でもない、オリジナルの傑作を書いてやる。そしたら、もう一度、ソフィーの元に戻してくれよ。頼むよ」

カタカタカタ、カムロは一心不乱にキーボードを叩く。

「ヒゲを剃《そ》ったらお隣《となり》の天使ちゃんが、ときどきデレて俺をダメ人間にさせてくるのだが。最高傑作だ」

『混ぜたらええってもんちゃうで。オリジナリティーゼロやな』

うさんくさいエセ関西弁で突っ込まれたが、カムロは気にせずパソコンに向かう。

カムロはオリジナルの傑作《けっさく》を書き上げることができるのか。それは、神のみぞ知る、のかもしれない。

＊＊＊

サナはいつものように、憂鬱《ゆううつ》な気分で出社した。パソコンを立ち上げ、自社サイトを立ち上げると、いくつもアラートがつく。要注意作家が新作を投稿すると、いち早くお知らせがくるように設定しているのだ。どんよりしながら、カムロの新作をクリックする。

「カムロさんの新作、これか。『陰《いん》キャなパクリ作家、異世界転移して現地女性と結婚しようとしたら、神様がイジワルで日本に帰されました。十万ポイント取れたら、また異世界に戻してもらえるらしいので、心を入れ替えてオリジナル小説を書きまーす。オリジナリティはありまーす。カムロ、行きまーす』だって。相変わらずタイトルなっが」

サナはコーヒーをすすりながら、カムロの新作を読んでいく。

ふざけたタイトルの割に、真に迫る描写。ダメ男が反省して、好きな女性のために必死でがんばるストーリー。サナの頬《ほお》を涙が伝った。

読み終わると、サナはすぐさまネット掲示板の、盗作ウォッチスレを開く。世の中には膨大《ぼうだい》な作品があるのだけど、ネット民はすぐさまパクリとパクられ作品を見つけ出すのだ。すごい草の根活動なのだ。

ネット民の書き込みを見ながら、サナは首を傾《かし》げた。いつもと様子が違う。

『カムロがオリジナルを書いている、だと』

『いや、そんなわけ、ある、のか？』

『え、カムロ、どうしちゃったの？　心入れ替えた？』

『うそーん』

『ウソ松、乙《おつ》』

『ありえん』

『ウケる』

『タイトル、捨て身すぎて草』

『ちょっと見直したかも』

『おまいら、騙《だま》されるな』

『引き続きウォチよろ』

『今北産業《いまきたさんぎょう》。説明キボンヌ』

『ちょっと、ふっる。やめい』

『禿同《はげどう》』

『いや、ちょっと待って。意外といいんだって。全俺が泣いた』

『ヒャー、読んでみるー』

ネットの盗作ウォッチスレがざわついている。祭りだ。パクリ四天王カムロの新作が、どうやらオリジナルらしい。しかも、ちょっと泣けるかも的なヤツ。サナは、いつになくすがすがしい気分になる。

「カムロ先生、その調子でがんばってください。願いを叶《かな》えてくださった神様、どうもありがとうございます」

サナは不甲斐ない自分の代わりにカムロを変えてくれたどこぞの神様に、心から祈りを捧《ささ》げた。

20

走り屋レイコ

親ガチャを失敗したとは思ってない。レイコはなんだかんだ言って、両親が好きだ。いい年になっても、週末に走り屋やったりしてるバカな親だけど。

「パパとママが、最後の暴走族《ぼうそうぞく》だったな。パパがヘッドで、ママがマドンナだった」

「パパ、かっこよかったわー」

「ママは今でも美人だ」

「あなた」

「お前」

見つめ合っている四十代の両親。見ちゃいられない。レイコはさっさと仕事に出る。

レイコは走り屋だ。ただし合法的な。引く手あまたのトラック運転手をやっている。年々、ネット通販がはやって、小包《こづつみ》の運搬《うんぱん》はイヤというほどある。仕事には困らない。

困《こま》っているのは、別のことだ。レイコ、よく何かをひくのだ。

ドーン　ピカッ　シュゥーン

「またかよー」

レイコはトラックを止め、ハザードをつけてから降りる。

「やっぱ、なんもない」

振動はあった、衝撃《しょうげき》もあった、妙な光と音もあった。でも、何もひかれてないし、トラックには傷ひとつない。ドラレコを見ても、何も残ってない。ただ、ボヤいているレイコの声だけ。

「お祓《はら》いにでも行こうかな。これ、もう何回目だよ。十回はくだらないんじゃね」

そうボヤいたとき、レイコはピカーッとした光の中に吸い込まれていった。

＊＊＊

『レイコさん、神です。起きてください』

割と低姿勢な神の声で、レイコは目を覚ました。真っ白で、何もない空間。

「なんじゃこりゃー」

レイコは絶叫《ぜっきょう》する。

『今はやりの転生転移の間です。え、レイコさん、もしかしてご存じない？』

「なんじゃこりゃー」

レイコはもう一度絶叫する。

『え、え、困ったな。今どき転生転移の間を知らない人がいるなんて。え、レイコさん、まだ二十代なのに？』

「何をゴチャゴチャ言ってやがる、ぶっ殺すぞ、出て来い」

両親のケンカ上等な性質を、余すところなく受《う》け継《つ》いだレイコ。神様とやらにブチ切れた。

『あ、あの、説明しますから。落ち着いてください。ねっ、ビールでも飲んで』

「運転中に飲めると思ってんのか、ふざけんな」

『いえ、あの、もう運転とかありませんので。ぜひ』

神様に泣き声で言われ、レイコは仕方なくビールを飲んだ。何本か飲んでいるうちに、落ち着いてきた。

「つまり、あれか。違う世界とやらがあって、そこに誰かを送り込むのに私のトラックが使われてたってことか」

『ええ、はい、そうなんです。レイコさんの魂《たましい》がとても強いので、バーンッと、ドーンッとうまいこと送り込めましてですね、はい。大変ありがたいと思っておりますです』

姿の見えない神様とやらは、ペコペコ頭を下げてる風の声音《こわね》で、レイコの機嫌《きげん》を取ってくる。レイコはいい感じで酔っぱらってきたので、どうでもよくなってきた。

「お礼はもういいや。それで、お金でもくれるの？　そろそろトラック買い替えようと思ってたんだよね」

せっかくだから、ひと回り大きい新車を買うか。レイコは頭の中にトラックを思い浮かべる。

『それが、レイコさんに、異世界でお願いしたいお仕事がありまして。お願いします、お願いします、お願いします』

神様はお願いしますを連呼《れんこ》し始める。レイコは耳をふさいだ。耳をふさいでも、頭の中にお願いしますが鳴《な》り響《ひび》く。

「分かった、分かったから。内容を言えよ。条件次第で引き受けてやる」

『ありがとうございます』

神様は、涙声で話し始めた。

＊＊＊

とある王国の田舎町《いなかまち》で、幼《おさな》い子どもが泣き声を上げている。

「おかあちゃん、こわい」

「大丈夫、大丈夫だよ。きっと騎士《きし》様たちがなんとかしてくださる」

地響きで家がミシミシ揺《ゆ》れ、天井《てんじょう》からパラパラとホコリが舞い落ちる。母親は幼子をしっかりと抱きしめた。

「さあ、祈ろう。アタシたちにできることは、祈《いの》るだけだ」

母子は目をつぶって、神に祈った。

町をグルリと囲む城壁《じょうへき》の上で、王都から派遣《はけん》された騎士団長が声を張り上げる。

「スタンピードだ。まもなく千匹近くの魔豚がここに押し寄せるであろう。城壁を破られる前に射殺す。この街を突破《とっぱ》されると、王都まですぐだ。この街の民を守るため、そして王都、ひいては王国の未来のため。俺に命を預《あず》けてほしい」

「応《おう》っ」

騎士たちの返事で空気が揺れた。絶対に、一匹たりとて、城壁は超えさせない。己《おのれ》の命にかえても。騎士たちは崇高な使命感に燃えたぎった。大量の弓、槍《やり》、油が準備される。

地鳴りがし、城壁から小石が落ち、遠くの森から一斉に鳥が飛び立つ。

「弓隊、構えっ」

ざっと弓矢が森に向けられる。森の木々が揺れ動き、土ぼこりが舞う。

ドドドドドド！　目を真《ま》っ赤《か》に光らせた魔豚が街に向かって突進《とっしん》する。

騎士たちは、弓に矢をつがえたまま、号令がかかるのをじっと待つ。

魔豚の集団が射程距離に近づいてきた。騎士たちの手に力がこもる。騎士団長の額《ひたい》から汗が一滴《いってき》落ちた。

「は――」

「右方向から、さ、サメー」

「サメ？」

号令をかけようとしていた騎士団長は、監視兵《かんしへい》の叫《さけ》びに、思わず聞き返した。

騎士たちが一斉に右を見る。巨大なサメの集団が、右からまっすぐに魔豚の方へ直進している。

「サメだ」

「マジでサメだ」

「いや、タコじゃね？」

今まで見たことのない、巨大な怪物。サメの体にタコの足がついている。タコ足がウネウネと動き、信じられないほどの速さでサメタコが魔豚に近づく。

ガバアッ！　サメタコは大きな口を開け、魔豚を丸呑《まるの》みしながら突っ切る。

サメタコ集団は魔豚の群れを分断して通り過ぎると、クルッと方向転換して、また戻ってくる。

あっという間に、魔豚はサメタコの腹の中に吸い込まれて行った。

ゲフーッ！　サメタコたちの強烈《きょうれつ》なげっぷが、騎士たちの前髪を揺らす。

城壁の上は、静かだ。誰も物音ひとつ立てない。アレとは戦えない。勝てない。誰も口には出さないが、それはあまりにも明らかだった。

スックと人がサメタコの上に立ち上がる。城壁に向かって旗《はた》を振《ふ》っているのが見えた。

「人の味方、スタンピード討伐隊《とうばつたい》、デカシャキタコーっと書いてあります」

監視兵が双眼鏡《そうがんきょう》を見ながら、大声で報告する。

「ホントかよ」

「あ、でも、他のサメタコの上にも人が乗ってる」

「すげーイカついおっさんばっかじゃん」

「いや、一番でかいサメタコに乗ってるの。あれ、女じゃねえ」

サメタコの集団は、悪意はありませんよーと言っているかのように、のんびりゆったり城壁に近づいてきた。

先頭のひときわ大きいサメタコの上に、女性が立って手を振っている。

「スタンピード専門討伐隊、デカシャキタコー見参。後のことは夜露死苦《よろしく》」

ほっそりとした茶髪の女性は、ニコッと笑って敬礼する。

ザッ、騎士団長が敬礼し、残りの騎士たちもそれにならった。

デカシャキタコー隊は、爽《さわ》やかに去っていく。人々は、デカシャキタコーと歓声《かんせい》をあげた。

＊＊＊

「初討伐おつかれー」

「ヘッド、おつかれっした」

「ヘッド、このビール最高っす」

デカシャキタコー隊は、人里から十分離れた海沿《うみぞ》いで、宴会《えんかい》をしている。

レイコはビールをプシュッとしながら、ニヤニヤしながらサメタコを眺《なが》める。

「最高か」

レイコはグビーッとビールを飲み干した。

あのとき、神様に突きつけた条件はたったひとつ。いや、ふたつみっつ。

「魔物の大暴走、スタンピードを止めればいいのね。いいけど、乗り物はサメタコにして」

レイコ、仕事が終わったあと、ビールを飲みながらB級のサメ映画を見るのが趣味なのだ。あの、バカバカしく、ナンセンスで、無茶苦茶《むちゃくちゃ》なサメ映画。見てるだけで、世の中の大半のことが、どうでもよくなる。

サメが竜巻と共に町に襲《おそ》いかかったり。頭がふたつみっつあったりするサメ。超メガ級巨大サメ。猿の惑星ならぬ、サメの惑星などなど。工夫たっぷりハチャメチャでハイテンションな愛すべき映画なのだ。

群雄割拠《ぐんゆうかっきょ》のサメ映画の中で、特にレイコがお気に入りなのが、サメとタコが合体したもの。海陸両用、目のつけどころがいい、シュールな見た目も笑える。神映画なのだ。

「あれに、あれに乗ってみたい」

トラックでもいいんですよって、神様から遠慮《えんりょ》がちにやんわりと勧《すす》められたが。トラックはもう十分乗った。せっかく異世界とやら、なんでもありの世界に行くなら、大好きな憧《あこが》れの生き物に乗りたい。

「あと、料理とかめんどくさいから。お弁当とか冷食《れいしょく》とか食べられるようにしてよ。ビールも」

ダメ元で言ってみたら、いけた。最近そういう要望が多いらしい。

渡されたクーラーボックスが異次元と繋《つな》がった冷蔵庫になっているらしく。飲食には困らない。飲み終わったビール缶や、ゴミなどはクーラーボックスに入れておけば回収してもらえる。異世界にあっちの世界のゴミを捨てると環境破壊《かんきょうはかい》になるからだって。

酔っ払ったおっさんたちが、ループでレイコを褒《ほ》め称《たた》え始めた。

「ヘッドがサメタコに乗って船を襲ってきたときは、もう終わりだーって」

「あのとき、お前たち、一緒《いっしょ》に走ろうぜって笑ったヘッド、かっこよかった」

「惚《ほ》れた。海から陸に上がるぐらいには、惚れた」

「海でも陸でも、好きなところでのんびりしようや。神様に呼ばれたら、みんなでそこに向かえばいいし」

レイコは海賊《かいぞく》たちにどんどんビールを渡して労《ねぎら》う。両親から自慢話を聞いて育ったレイコ。密《ひそ》かに、走り屋のヘッドになることに憧れていたのだ。日本で走り屋をやるのは、さすがに憚《はばか》られたが、ここなら大丈夫。思う存分、暴走できる。

法定速度も、マッポに追われることも、配達ノルマもない世界。

「この素晴らしい世界に祝杯を！」

レイコはチームのみんなと、プシュッとやって、プハーッとした。

優秀《ゆうしゅう》な諜報《ちょうほう》部門が、耳寄りな情報をゾーイとエーミールにもたらした。

「まあ、転移の神様？　柔軟《じゅうなん》に転移者の願いを聞いてくれるらしいですって？」

「レイコさんからお手紙を預かってまいりました」

日本語で書かれた手紙。ゾーイは懐《なつ》かしくて涙が出そうになった。エーミールが心配そうにゾーイを見つめている。

「転移者は体があるので戻しやすい。転生者は元の体が残ってないから、戻しにくい。魂《たましい》だけ戻して、適当な器《うつわ》に入れることはできるらしい、ですか。まあ」

エーミールがゾーイの手を強く握った。

「ゾーイは、戻《もど》りたかった？」

「そうですね。戻りたい気持ちはもちろんございます。でも、こちらの家族や友人、そしてエーミール様と会えなくなるのは寂しいです。行ったり来たりできたらいいのに、などと都合のいいことを思っておりました」

「ゾーイ。よかった。いや、よくないんだけど。ゾーイが戻りたいなら、悲しいけれど方法を探すつもりだったんだ。行ったり来たりできるといいね。それなら、僕もゾーイのあちらの家族に挨拶《あいさつ》できるし。引き続き調べてみよう」

その後、ゾーイはレイコさんと手紙のやりとりをした。レイコさんは神様のお気に入りらしく、色んな無理をきいてもらえるようだ。なにそれ、うらやましい。ゾーイは、ちょっぴり思ってしまった。

「実験台になってもいいという奇特な人がいれば、日本行きを試せるそうです。魂だけ行くか、日本に転移するか。どちらか選べると」

「ゾーイ、僕は反対だ。命がけではないか」

「ですわよね」

ゾーイは神妙《しんみよう》に頷《うなず》く。ところが、思わぬところから立候補者《りつこうほしや》が出た。

＊＊＊

とある日本の片田舎《かたいなか》で、畑を前に中年の女性がため息を吐《つ》いた。

「まーた畑が荒らされてるー。クソー、イノシシどもめ。どうしたもんかな。罠《わな》をしかけるか、撃《う》つか。うーん、猟犬《りようけん》がほしい」

父に頼《たの》めば、狩《か》ってくれるだろうが。父ももう年だ。本当は自分でイノシシと鹿《しか》を狩ればいいのだが。アキの腕では、イノシシは持て余す。猟犬がいれば、猟が楽になるのだけど。

「猟犬を育てるのは大変だしなー」

堂々巡《どうどうめぐ》り。アキは、猟師仲間に、猟犬とイノシシについて相談しようと、パソコンの前に座る。メールを開くと、友人からなにやらリンクが届いている。

「あの頃はまだ未来が明るかったよねーって、なんのこと」

リンクを開けると、アキが大学生の頃に一世《いっせい》を風靡《ふうび》したアイドルの動画に飛んだ。オーディション番組の落選組からできたグループ。あれよあれよという間にトップまで上り詰めた彼女たち。

「日本の未来は、世界がうらやむってかー。ははは。確かに、まだあの頃はそんな未来を見てたかもしれない」

今では、そんな空気はさっぱりどこかに消え去った。テレビをつければ暗い話ばかり。

「少子化、高齢化《こうれいか》、限界集落《げんかいしゅうらく》、コロナ、戦争、増税、物価高。明るい話題は海外で活躍している日本のスポーツマンぐらい。この国はどうしてこうなっちゃったのかなー」

アキはだらしなく畳《たたみ》に寝転がる。アキが大学で就職活動をしたときは、氷河期《ひょうがき》のまっただなか。毎日毎日、資料請求のハガキを送り、履歴書を手書きし、送付したものだ。あの頃は、今みたいにパソコンに入力し、ピッとボタンを押せば、応募できるような時代ではなかった。

なんとか潜《もぐ》り込《こ》んだ中小企業で、お局《つぼね》にいびりぬかれ、心を病《や》んで、実家に戻ってきた。ちょうどその頃、地元にいた姉に娘が生まれたので、姉の子育てを手伝いつつ、少しずつ社会復帰《しゃかいふっき》したのだ。

「社会復帰つっても、便利屋と狩りと農業だけどさ。実家だし、土地はいっぱいあるし、このまま細々とやっていければ、なんとかなるでしょう。ナツが大学卒業するまで持ちこたえれば、なんとかなる」

教師をしていた姉が、教師仲間と結婚し、産まれたのがナツ。頭がよく、まっすぐないい子。ナツが八歳のとき、姉と義兄の乗っていた車が、トラックに押しつぶされた。トラックの運転手と運送会社の社長は土下座《どげざ》で謝《あやま》った。フラフラで運転していたらしい。

怒《いか》りは誰にぶつければよかったのか。最低の環境で必死に働いていたトラック運転手か？　なんとか利益を出して、トラック運転手をクビにしなくてすむよう、ギリギリで運営していた会社社長か？　そんな社会システムを作った政府《せいふ》か？　誰に投票《とうひょう》していいか分からないから、選挙《せんきょ》に行かなかった自分か？　誰かがなんとかしてくれる、そう期待して戦わず待ってるだけの国民か？

泣くこともできず、両親を失ったことを理解できず、冷え切ったナツを、父とふたりでなんとか生かしてきた。

「このおかしな国をなんとかする。そんなこと言えるまでになってってさ。あの子はすごいよ」

最難関《さいなんかん》の大学に受かったって、電話をかけてきた。仮契約していた下宿を本契約にし、そろそろ帰ってくるころだ。一緒に行くって言ったのに、あの自立心の強い子は、ひとりで東京まで行ったのだ。

「これからは、東京《とうきょう》でひとり暮らしだもん。なんでもひとりでできるようにならなきゃ、なーんて。なんつーできた子。おいしいすき焼きで祝ってあげよう。あ、だから白菜《はくさい》とネギとりに畑に行ったんだった」

それにしても、年々、イノシシと鹿の被害が大きくなっている。田舎なので、家庭菜園をやっている家が多いのだけど、誰もが被害《ひがい》にあっている。猟師は減り、人口も減り、動物が里に下りてくるようになって。

「最近は、クマの目撃情報まであるもんね。シャレにならん。クマは無理」

生き物としての風格が違いすぎる。山で会ってしまったら。

「あがくけども、まあ、ダメだろうね」

一瞬《いっしゅん》でやられるだろう。イノシシでも恐ろしいのだ。クマはもう、死神。出会うことは死を意味する。

「せめて、クマの存在をいち早く教えてもらって、逃げる時間を稼ぎたい。それにはやっぱり、猟犬だよなー。猟犬ほしーい」

ピカーッとアキの隣の畳が光った。あっけに取られていると、畳の上に犬ぐらいの大きさの猫が現れる。

「えぇー」

「ニャー」

猫はアキのお腹の上に跳び乗《との》り、アキの胸の上にポトリと何かを落とす。思わず手に取ると、アキちゃんへ、と書いてある紙ではないか。

「ナツの字。なんで、なんなの」

巻物みたいな紙をクルクルと開けながら読み、アキは猫と見つめ合った。

「ナツ、マジなの」

アキは猫を抱えると、ドタドタと駆け出す。

「父さん、父さん、えらいこっちゃ。ナツが異世界転生しちゃったー」

＊＊＊

アキの、そしてゾーイの元人格であるナツの故郷《こきょう》は、今とても穏《おだ》やかだ。獣害《じゅうがい》がピタリとおさまった。ナツが異世界から送ってくれた、猫のおかげだ。

ナツいわく、人語を解し、なぜか日本の知識がうっすらある、人化できない猫人の猫らしい。情報量が多すぎて、アキは頭を抱えた。

猫は納豆《なっとう》が食べたいから、どうしても日本で暮らしたかったそうだ。猫が納豆。いいのか悩んだが、おいしそうに糸をひきながら食べ、毎日元気なので、いいことにしている。

「本当に、マメのおかげで助かるわ」

納豆が好きなので、マメと名づけてみた。マメもご満悦のようだ。

マメはせっせと山を走り回っては、クマやイノシシを退治《たいじ》してくれる。

「猟犬は役所に届け出をしなきゃいけないんだけどね。でも、マメは猫だもんね」

父と話して、しれっとしていることにした。だって、猫だもん。日本では、猟犬に噛《か》みつかせて捕獲《ほかく》する方法は禁止されているのだが、それもいいことにした。だって、猫だもん。

「さすがにクマを倒したときは、驚《おどろ》いたフリして役所に報告したけどね」

クマが倒れてますーって白々《しらじら》しく連絡したのだ。テレビ局なんかが取材に来て、小さな村は大騒《おおさわ》ぎになったが、なんとかシラを切りとおした。

狩猟仲間はうすうす何か勘づいているようだが、誰も何も言わない。バカ正直に生きてきて、ひどい目にあった経験がそれなりにある。お上とはうまくやるが、何から何まで真っ正直である必要もないよね。それが大人の処世術《しょせいじゅつ》だ。

「猫、増えたら俺にもくれ」

こっそり頼まれることも多い。増えるってねえ。マメが生むのか、ナツが新たに送ってくるのか、どっちかしかないんだけど。

「膨大《ぼうだい》な魔力が必要って書いてあったもんなー。この世界線の我が家に届くかも定かじゃないってあったし。色々調整が必要みたい。でもうまくいけば、いつか」

ナツが一時帰国するかもしれない。見た目はゾーイかもしれないけど。どうなんだろう。

「ナツに会いたいな。でも、どこの世界だろうが、元気にしていてくれるなら、いいんだ」

ゾーイはエーミールに相談事をもちかけた。

「エーミール様のおかげで、色んなことを改善《かいぜん》できました。ブライアン殿下のおかげで、獣人奴隷《じゆうじんどれい》も撲滅できそうです」

ブライアンがツガイ対策グッズを持って、各獣人国を訪れてくれた。人化できない獣人を、いらない子として奴隷商人には売らないこと。同じ獣人であると、意識改革を進めていくこと。もし、ヒト属《ぞく》の国で暮らしてみたい獣人がいるなら、ブライアンとエーミールが対応する。

「とは言っても、長年根づいた意識は、簡単には変えられないと思うのですが。姫さまと若さまが推《お》し活《かつ》で崇《あが》められていることが獣人国で広まって、少しずつ見る目は変わりつつあるようです」

「時間がかかるけど、少しずつ変えていこうね」

ゾーイは、エーミールの優しい目に勇気づけられる。

「以前お伝えしたように、私には前世の記憶があるのですが」

ゾーイは、エーミールが本当に自分を好きでいてくれていると、心から信じられたときに、前世のことを打ち明けていたのだ。エーミールは黙《だま》って聞いて、「大変だったね。前世の家族や友達に会えないのは、とても寂《さび》しいと思う。でも、僕はゾーイがこっちに来てくれて、本当に嬉《うれ》しい」と言ってくれた。

そんなエーミールにだからこそ、ゾーイは悩《なや》みを打ち明けられる。

「この世界、どうも色んな転生者や転移者がいそうなのです。そういうのが好きな神様なのかもしれません。私、いきなり違う環境に放り込まれて、戸惑っている人たちに、助言をしたいなと思っているのです」

「いいんじゃない。例えばどんな？」

「例えば、各国の王家に、転生者や転移者についての取り扱い注意事項をお伝えするとか。もしくは、転移者や転生者に直接なにかお伝えできると、さらにいいのですが」

「他国の王家か。そうだね、信じられる人にだけ伝えるなら、できるかもしれない。どこの誰にでもというのは、さすがに危険だと思う。転生者や転移者の持っている、前世の知識を利用してやろうって思う人もいるだろうから」

「確かに、そうですわね。転移者と転生者にだけ伝えられたら、その方が安全ですわね」

ゾーイは考え込み、ふと思いついた。

「信頼できる教会や王家のえらい人に、こっそりお手紙を渡しましょう。様子のおかしい人がいたら、これを読ませてやってくださいって。その手引き書は、前世の文字で書けばいいと思うのです」

ゾーイはサラサラッと日本語と英語で文章を書いて、エーミールに見せる。

「わー、素敵な文字だね。絵みたいだね。ねえ、エーミールとゾーイって、前世の文字で書いてくれない？」

ゾーイは、日本語と英語で綴《つづ》った。エーミールはニコニコしながら見つめ、「僕、練習して書けるようになるね」とかわいらしいことを言う。ゾーイは、自分の婚約者《こんやくしゃ》がこんな素敵な人で本当に幸せだなって、心から思った。

＊＊＊

「ああ、これが走馬灯《そうまとう》なのね」

階段から落ちていく一瞬《いっしゅん》で、ルルは十七年の人生を思い出した。侯爵家《こうしゃくけ》に生まれ、なに不自由なく育ち、幸せな日々だった。素敵な婚約者と出会い、これからが楽しみだった矢先に。

「神様、もし死に戻るなら、一時間前がいいです」

ダメ元で祈《いの》ってみる。もし、ルルが主人公特性を持っているなら、死に戻れるかもしれない。

ピカッと光って、一瞬目をつぶって、また目を開くと、目の前には笑顔の婚約者クラウス第三王子。

「クラウス様、聞いてください。私、一時間後に殺されます」

「ルル、何を言っているの」

「クラウス様、私、たった今、死に戻ったのです。クラウス様に教えられていた通り、階段から落ちた瞬間に、一時間前に戻りたいと神に祈りました」

クラウスがルルの手を握る。

「詳しく話して」

「クラウス様とのお茶会が終わって、自宅に戻ろうと廊下《ろうか》を歩いておりますと、第一王子殿下の婚約者に嫌味《いやみ》を言われました」

「犯人は兄上の婚約者か」

クラウスが険《けわ》しい表情をして、指でトントンと膝《ひざ》を叩《たた》く。

「分かりません。その次は、第二王子殿下の側近《そっきん》とすれ違いました」

「そちらも怪《あや》しいな」

クラウスはため息を吐《つ》いて腕組みをした。

「その後、どこからともなく風が吹き、私のスカーフが飛ばされてしまいました。慌《あわ》てて侍女《じじょ》が追いかけました」

「風魔法が得意な者は誰であったか」

クラウスが眉間にシワを寄せ、空をにらむ。

「階段に着き、先に護衛《ごえい》が降ります。護衛が何かに足を取られて体勢を崩《くず》しました。次に私の足が滑《すべ》りました。護衛は手すりにつかまっていたので、私を支えることができず。私は落ちて行きました」

「誰か周りに怪しい人はいたかい？」

ルルは小首をかしげた。

「それが、たくさんいたと思うのです。しっかり見えたわけではありませんが。私の元婚約者、妹、妹の取り巻き、生徒会の役員。同世代の貴族《きぞく》がたくさんいました」

「なぜ王宮《おうきゅう》に、おかしいではないか。もしや、ルルの死を見学するつもりだったのではあるまいか。

ルル、これからは護衛の数を増やそう」

ルルは小さく首を横に振る。

「いえ、クラウス様。今のままで結構です。ただ、王家の影を大至急配置していただけないでしょうか。廊下と階段あたりに」

「ルル、まさかと思うけど、階段に行くつもり？」

クラウスが目を見開いて身を乗り出す。

「はい。犯人を特定するには、それが一番だと思います。同じことをそっくりそのまま繰り返します。ただし、今回は王家の影の監視《かんし》の中で」

「ダメだ。そんな危ないこと。次も死に戻りできるとは限らないよ」

「もちろんです。うまく生き残る方法を考えましょう。あと一時間弱あります」

「うわー。時間がなさすぎる」

クラウスが頭を抱《かか》えた。

「昨日に戻《もど》ることも一瞬よぎったのですが。一時間にしました。一日前では、同じことをずっと繰り返す自信がありませんでした。ちょっとしたことで未来が変わるのでしょう。未来が変わってしまえば、犯人を特定するのが難しくなりますもの」

「ルル、なんて勇気だ」

クラウスが目を潤《うる》ませてルルを見つめる。

「事前に、手引き書を読ませていただけたおかげです。心の準備ができておりました」

「転生者、転移者、主人公、かもしれない人への手引き書か。誰かが、謎の言葉を翻訳《ほんやく》してくれていたが。まさかあんな眉唾《まゆつば》ものの文章が役にたつことがあろうとは」

クラウスの母方の家に、伝わる手引き書なのだ。クラウスとの婚約が決まったとき、こっそり読ませてもらった。見たことのない不思議な文字。そして謎の誰かが訳した文章。荒唐無稽《こうとうむけい》な内容だったが、その中に死に戻り手引きもあったので、助かった。

「死ぬ間際に神に祈れば、好きな時間に戻れるかもしれない。祈るのが遅いと、下手したら十年前に戻るかもしれない。そう書いてありましたでしょう。私、同じことを十年もやり直すの、イヤですわ」

それはとても退屈《たいくつ》だと思う。先がどうなるか分かっている人生。なんの楽しみがあろうか。犯人が分かっている推理小説を読むようなものではないか。

「それに、十年前に戻ってしまったら。クラウス様は、私の知っているクラウス様ではないかもしれません。それはイヤです」

今ここにいるクラウスがいいのだ。ルルの思いが伝わったのだろう。クラウスは真っ赤《まか》になっている。

「ルルを必ず守る。そして犯人を特定し、相応の報いを与える」

クラウスはルルの手を持ち上げると、優しく手に口づけた。

そんなわけで、二回目の階段落ちである。

風が吹き、ルルのスカーフが飛ばされ、侍女が後を追う。護衛は何かに引っかかって階段の手すりにしがみつく。ルルの足元がツルンと滑る。

ルルは階段を思いっきり蹴《け》った。高く、なるべく高く。

ルルは小脇に抱えていた配膳《はいぜんよう》用のトレーを足の下に当てる。滑車がついている下の方の台を持ってきたのだ。重心をやや後ろ側にし、後輪で着地し、そのまま階段をカタカタカタと降りていく。

カタタン、軽やかに階下に降り、ルルは台車トレーに乗ったまま、シャーッと涼《すず》しい顔で貴族たちの前を通り過ぎた。

「ルル様」

後ろから慌てて護衛と侍女が追いかけてくる。ルルはふたりを待って、悠々と馬車に乗り込むと無事に侯爵家まで戻った。

「スキーが得意でよかったわ」

「ルル様、さきほどの技はいったい」

「スキーみたいなものよ。今日は階段に注意って占《うらな》いに出ていたから。ホホホ」

ルルは震える膝をさりげなく止めて、朗らかに侍女に笑って見せた。

それからのことは、クラウスがやってくれた。王家の影が目撃した情報をもとに、疑わしい者を追い詰めていく。ルルは侯爵家で大人しくクラウスの訪《おとず》れを待っている。

「まず、ルルの妹。階段にピアノ線を張っていた」

「あらまあ。まさか、自ら手を汚《よご》すなんて。おバカさんにもほどがあるわ」

「思っていたより驚《おどろ》かないね」

「妹は、以前から私のものを欲しがる、ねだり魔でしたから。おおかた、私がクラウス様と婚約して腹が立ったのでしょう」

欲しがりの妹を持つ姉、よくある話だ。自分の物は自分の物、姉の物も自分の物。そういう考えなのだ。ルルにはちっとも理屈が分からないが、なぜか妹はそう信じて疑わない。

「次、ルルの元婚約者。今はルルの妹の婚約者だね。階段のいくつかを、氷魔法で凍《こお》らせていた」

「まあ、道理で。ツルッと滑りましたものね」

「なぜそんなに落ち着いているのだ」

「配膳用トレーで階段落ちをしたことに比べれば。屋敷の客室で聞く暗殺ばなしは、それほど怖くありませんわ」

「うまくいって本当によかった。私は生きた心地がしなかったよ」

クラウスがルルの手をそっと包み込む。クラウスの手のぬくもりで、こわばっていたルルの手がほどける。

「彼はね、婚約解消したとき、ルルがあっさり受け入れたのが屈辱《くつじょく》だったらしい。泣いてすがってくると思っていたそうだよ」

「あきれたこと。そもそも政略での婚約で、愛情なんてありませんでしたのに。彼は妹とベッタリでしたし、せいせいしておりましたわ」

「私は、ルルを一生大事にするから。ルルのことが大好きだから」

「クラウス様。私もクラウス様が大好きです」

甘い空気に包まれ、見つめ合うふたり。しばらくして、侍女が新しいお茶とお菓子を持ってきてくれた。クラウスはハッとして話を続ける。

「生徒会役員たちは、ルルの妹に連れて来られたらしい。何かおもしろいことが起こると聞いていたらしいよ。理由を知って震《ふる》え上《あ》がっていた。もう、妹と関わるのはやめるそうだ」

「そうですか。それならいいのです。ただの野次馬《やじうま》ですわね」

ルルは興味《きようみ》なさげに頭を軽く振る。

「兄上の婚約者は、ルルのことが気に食わなかったらしい。ルルのスカートにインクをかけようとしたけど、モタモタして間に合わなかったそうだ。泣いて謝《あやま》っていた」

「ホホホ、うっかりさんですわね。彼女とは仲良くなれるかもしれませんわ。しばらくネチネチいじめてからですけれど」

ホホホとルルは楽しそうに笑う。命を狙《ねら》ったわけではないなら、構わない。貴族なんて、殺伐《さつばつ》とした界隈《かいわい》なのだから。

「兄上の護衛は、ルルがひとりで歩いていたら、少しイタズラしようと考えていたらしい。ルルの評判を貶《おとし》めて、私の派閥《はばつ》を弱らせたかったそうだ。ルルに護衛がついていたから、スカーフを飛ばしただけにしたらしい」

「最低ですわね」

ルルは唇《くちびる》を噛《か》みしめる。クラウスの心配そうな目を見て、ルルは唇を噛むのをやめて、微笑《ほほえ》んでみせた。

「ルル、無理に笑わなくていいよ。必ず、追い詰めて罰《ばっ》するから」

「いいえ、クラウス様。私は誰も罰してほしくはございません」

ルルは静かに告げる。

「なぜ？　命を狙われ、尊厳《そんげん》を傷つけられようとしたのに？」

「クラウス様、せっかくの切り札です。切り札は、切ってしまったらおしまいですわ。いつ使うか分からないからこそ、いいのです。脅《おど》しと抑止力《よくしりょく》ですわ」

「ルル、本当にいいの？　盛大にざまぁして、溜飲《りゅういん》を下げたくはないのかい？」

「いいえ。それより、いつ罰せられるか分からず、ビクビクしている彼らを見ている方がおもしろいではないですか」

「ルル、なんて恐ろしいことを言うのだ。最高だ」

クラウスはルルを抱きしめる。

誰も罰せられなかった階段落ち事件のウワサは、王国を駆《か》け巡《めぐ》った。たっぷりと脅したので、悪い子たちは、ルルとクラウスの下僕《げぼく》となっている。クラウスは王位を継《つ》ぐことはなかったが、しかとした実権を握り続け、王国を支えた。

王国の影の支配者は、クラウス殿下とルル殿下であると、まことしやかにささやかれている。そして、ふたりは神の預言書を持っているとも。

王国は今日も平和だ。

23 アントンとグスタフ

ゾーイとエーミールが着々《ちゃくちゃく》と王国をよりよくしていっているとき、グスタフ第一王子は研究室で調べられまくっていた。

若いながらも切れのいい頭脳と、衣着《きぬ》せぬ歯を持つ調査員アントンが、グスタフの担当だ。白銀の髪にさえざえとした青い瞳《ひとみ》を持つアントン。氷の貴公子《きこうし》として、令嬢《れいじょう》たちから抜群《ばつぐん》の人気を誇る。ニコリともしない氷の貴公子は、王子であるグスタフを容赦《ようしゃ》なく質問攻めにする。

「さあ、今日も言葉攻めをしますからね。殿下がどういった言葉に弱いのか。なぜ魅了《みりょう》されたのか。それをつまびらかにしていきましょう」

グスタフは椅子に座り、アントンにされるがままに色んな魔道具を体につけられていく。

「脈拍、体温、発汗、動悸《どうき》、息切れ。これらを計測することによって、殿下の心の中が丸裸《まるはだか》になります」

淡々《たんたん》と、変態《へんたい》のようなことを言うアントン。グスタフは、もうすっかり慣れているので、軽く頷《うなず》いている。

「では、始めますよ。エーミール。ゾーイ。ピンク。王位継承権《おういけいしょうけん》。王太子。国。責任。孤独《こどく》。自由。失敗。自信。民。引退。他国。戦争。追放。廃嫡《はいちゃく》。処刑《しょけい》。誘惑《ゆうわく》」

グスタフは軽く目をつぶり、アントンの言葉に耳を傾《かたむ》ける。アントンは、各種数値を見ながら、ニンマリと笑う。

「殿下《でんか》。随分《ずいぶん》と落ち着いてこられましたね。もうどの言葉にもさほど反応が見られませんよ。これなら、もう少しで調査も終えることができそうです。よかったですね」

その途端、あらゆる魔道具の数値の針がビューンと動いた。アントンは目を丸くする。

「どうしました、殿下。調査が終わるのがそれほど嬉《うれ》しいのですか？」

グスタフはうっすら目を開けると、アントンの皮肉っぽい笑顔を見つめて、ため息を吐いた。

「さあ、どうであろうかな」

グスタフはそれだけ言って、また目を閉じる。アントンは不思議そうに首を傾《かし》げた。

＊＊＊

アントンは貧乏子爵《びんぼうししゃく》の出身だ。爵位《しゃくい》も形ばかり継《つ》いでいる。双子の兄と父が亡くなったからだ。病気がちの兄がついに亡《な》くなったとき、兄の名前をもらい、兄の性別を騙《かた》った。元々は女性でアンナという名前だったのだが。

「研究室で調査員として生きるには、貴族男性の方が簡単だからな」

中性的な顔で、ほっそりして胸もなく、背が高いアンナ。アントンになるのに、なんら不具合はなかった。王宮の研究室で調査員として働いて何年もたつが、一度も誰にも疑《うたが》われたことはない。

「女性人気も抜群だしな。嬉しくはないが」

恋文《こいぶみ》に、見合いの申し込みなどがひっきりなしにくる。受けるわけにはいかないので、のらりくらりと断っている。そっちのケがあるのだろうと、最近では言われている。その通りだから、否定はしない。男装《だんそう》しているが、恋愛対象は男性。恋愛する気も、結婚する気もないが。

グスタフ第一王子殿下が、ピンク令嬢《れいじょう》にたぶらかされ、宰相《さいしょう》の娘を断罪《だんざい》しかけたあと。誰も引き受けたがらなかった、殿下の調査。アントンはすぐに名乗り出た。金が欲しかったし、おもしろそうだったからだ。

実際、とても興味深い日々だった。初日は、調査にならなかった。グスタフは、呆然《ぼうぜん》と机を見つめ、ひと言も話さない。アントンは、無理もないなと、ただそばにいてグスタフを観察《かんさつ》していた。

魅了の魔石にも興奮した。

「いやらしい、実に絶妙《ぜつみょう》。考えたやつに会いたい」

悪影響を与えすぎない、微妙な強さ。使う方も、使われる方も、壊れることがない。

「怪しまれずに使える。ということは、売れる。たいした商売人だな、これを作ったやつは」

アントンが早口でブツブツつぶやいているのを、生気のない目でグスタフが眺《なが》めている。アントンは、グスタフに軽蔑《けいべつ》されてもちっとも気にならない。研究対象には嫌《きら》われて当たり前だ。実験用のネズミにも恐れられている。いまさら、王子のひとりやふたりに気持ち悪いと思われたところで、何も変わらない。

二日目からは、やや強引にことを運んだ。

「殿下。調査用の魔道具を色んなところにつけさせていただきますよ。よろしいですか？　お返事をいただけない場合は、了承《りょうしょう》と受け取らせていただきますよ。では失礼」

とっととグスタフのシャツのボタンをはずし、胸元に魔道具をつける。グスタフは悲鳴を上げたが、アントンはためらわない。胸、首、手首、足首、額。次々と魔道具をとりつける。調査員であり、かつ優秀な魔道具師で研究者でもあるアントン。調査に必要な魔道具はいくらでも持っている。拷問《ごうもん》用の魔道具もあるが、それは、今回は使わない。

魔道具まみれになったグスタフは、抗《あらが》う気力もなくなったようだ。まさに、まな板の上のにんじんだ。切られるのを、じっと待つのみ。ククク。

感情を込めない声で、静かにグスタフに問いかけ、反応を紙に記していく。

「殿下、この魅了の魔石について教えてください。どういう状況でこの魔石を使われたか、覚えていますか？　はい、いいえ、分からない、さあ、どれですか？」

グスタフはなかなか答えない。「分からない」たったそのひと言が、出てこない。実際のところ、覚えていないのだろうし、分からないと言うことになんの問題もないはずなのだが。グスタフは苦しそうだ。

あまり追い詰めるのはよくない。ゆっくりと時間をかけよう。

色んな媚薬《びやく》も、少量を試してどうなるか観察する。一緒に食事をし、何を食べるとどう数値が変わるかも見る。夜は、グスタフが眠りにつくまでそばにいる。なんなら、すぐ近くのソファーで寝ている。研究対象はアントンにとって、大事だから。逃げられたり、自傷《じしょう》をはかられては困る。

グスタフは盤上遊戯《ばんじょうゆうぎ》が好きではないようだ。針がよく動く。ところが、二面指し、三面指しを提案してからは、動揺《どうよう》が見られなくなった。

「二面指し、三面指し。そんな遊び方もあるのだな」

「名人が初心者たちを一気に指導するときに使うそうですよ。達人だと百面指しなんかもあるそうです」

「百面」

グスタフがポツリと繰り返す。

「でも我々は達人ではありませんので、ふたりで三面を同時に次々と指して行きましょう。神の視点の幾分《いくぶん》かを追体験できます」

グスタフは、盤上遊戯の多面指しを始めてから、少しずつ明るくなった。

「盤上、王国も、王も。ひとつではないのだったな」

「そうです。もし、殿下がまだ王位に戻りたいのであれば、私が新しい国をご用意しますよ。あらゆる悪辣《あくらつ》な手を使って、標的の国を弱め、殿下がひと指しで王手をかけるまで、道筋を立てましょう」

半《なか》ば本気で言う。誰にも弱みを見せず、孤独《こどく》に高みを目指し、挫折《ざせつ》したグスタフ。アントンは、グスタフが望むなら、国のひとつやふたつ、なんとかしてあげたいと思っている。まずは圧政に苦しんでいる小国を乗っ取り、そして国を育てればいい。アントンのとんでもない提案に、グスタフは初めて声を出して笑った。

「そなたにお膳立《ぜんだ》てされてまで、王に返り咲こうとは思わぬ」

「では、共に背中を支え合っての、他国取りならよろしいのですか？」

「そうだな。国はいらぬ。王位もいらぬ。だが、背中を守り合うというのは、いいな」

グスタフはひとしきり笑った後、静かに聞く。

「アントン。変人と言われたりしないか？」

「言われますよ。でも、それは誉《ほ》め言葉だと思っています。研究者たるもの、変人、変態と呼ばれてからが第一歩です」

「そうか」

グスタフは力の抜けたような顔をする。

「アントン。なぜ私の調査を引き受けた。誰もやりたがらない仕事だろうに」

「手当てがとてもよかったからですよ。なんせ貧乏子爵ですから」

「なるほど」

グスタフがうつむく。

「アントン。どうやったら自信が持てる？」

「自信が持てなくても気にしないことです。自信が持てるまで、ずっとやり続ければ、いずれ結果はついてきます」

「アントンは、強いな」

「変態ですからね」

グスタフが少し笑った。

「アントン。調査が終わったら、私はしばらく修行の旅に出る。戻ってきたら、また会ってくれるか？」

「もちろんですよ。あ、お土産《みやげ》は色んな土地の魔道具でお願いしますよ。斬新な魔道具を作るエルフの里があるらしいのです。手に入れるのが困難で。もし可能ならぜひに」

「分かった。魔道具と指輪《ゆびわ》を用意する」

「指輪？」

アントンは首を傾げた。

「婚約指輪だ。受け取ってもらえると嬉しい」

アントンは口を開けた。

「殿下。男同士は婚約できませんが」

「そうだな。だが、アントンはアンナで、女性だ。なんの問題もない。アントンがイヤでなければ、だが」

アントンは天井《てんじょう》を仰《あお》いだ。

「なぜ、いつから？」

「いつだったかな。アントンが寝不足でふらついたときに、倒れそうになったであろう。そのとき支えた。そしたら、まあ、あれだ」

「こんな胸で、バレましたか？」

アントンは頭を抱える。グスタフは顔を赤らめ、アントンの手を取る。

「アントンが仕事を続けられるように、調整する。女性に戻っても、今の仕事を継続できるようにする。だから、婚約《こんやく》から始めてほしい」

「殿下、変態って思われますよ」

「望むところだ。変態と言われてからが第一歩だろう」

アントンがアンナに戻って、旅から帰って来たグスタフから指輪を受け取るのは、もう少し先の話。

転移させた人には気軽に接触するけれど、転生した人には距離を置いてしまいがちな神とは、私のことです。え、なぜなのかって。やっぱり、肉体ごと地球からもらった転移の人たちは、なんとなく借りものって感じがするからでしょうか。その点、転生の人たちは、魂《たましい》だけがこっちにヒュッて来ちゃった感じですからね。肉体はこちらの人なわけで、身内みたいな。

転移はお客様なのでオモテナシの意味合いも込めて接触、転生は身内なので基本放置、的な。今、転生転移の神である私が注目しているのはふたり。エルフのマキシムと人間のゾーイ。ふたりとも、精力的に世の中を変えようとしている。

とても有能なふたりの転生者。両方、魔道具の開発に熱心で、使用者の有用性に気づき活用している。実に興味深い。ついうっかり、願いを叶《かな》えてしまったりしがちだ。注意しないと。

＊＊＊

エルフのマキシムは転生者。元々は日本でベンチャー企業の社長をやっていた。優秀な人材をなるべく安くかきあつめ、やりがい搾取《さくしゅ》で利益をがっぽり。そういう方針。

「心酔《しんすい》させ、限界《げんかい》まで能力を吐《は》き出《だ》させ、たまにドーンと報酬《ほうしゅう》をやる。全員に特大ボーナスを渡す必要はない。目立つ誰かに大盤《おおばん》振《ぶ》る舞《ま》いすれば、残りの社員は奮起《ふんき》するからな。平均すると安くなる」

日本で一番いい大学を卒業し、アメリカの名門大学で学び、金融業界に勤めて人脈を築《きず》いてから、インターネット系の会社を立ち上げた。会社経営はゲームみたいなものだった。法律のギリギリを攻めながら、先手必勝。スモールスタートしたいくつもの事業を、芽が出たら高値で売ってしまう。おもしろいように儲《もう》かった。

新入社員で一番かわいい女子を愛人にし、一年たったら次の新入社員に交換。手切れ金ははずむので、恨まれることもない。一年の愛人生活で、すっかりスレてしまった女は、さっさと次の金持ちにいく。

ちょっとした好奇心で、ウブな田舎娘《いなかむすめ》に手を出したのがよくなかった。一年後にビジネスライクに別れを切り出したら、闇落《やみお》ちした女に刺された。

「異世界で新しいビジネスを立ち上げたから、結果オーライだが」

生ぬるい法律しかない異世界。規制なんてない。やりたい放題だ。長寿《ちょうじゅ》のエルフに転生できたのもついている。規制にがんじがらめで、面倒だった前世ではできなかったことが、いくらでもできる。

「エルフというのが、自然に優しい高潔《こうけつ》な種族と思われているのも、実に都合がいい」

マキシムは人格者の仮面をかぶっている。そんなことは苦も無くできる。前世では、生き馬の目を抜くようなネット業界をわたってきたのだ。お偉方《えらがた》やマスコミを操縦《そうじゅう》し、好き勝手に炎上する愚《ぐ》民《みん》どもと遊んできた。異世界のやつらなど、赤ん坊みたいなものだ。寿命が長いので、部下をじっくり育てることができる。

ビジョンを共有し、ゴールを設定する。前世でやっていたことを異世界に持ち込めば、おもしろいほど、うまくいく。前世で定番のビジネス理論も、ここでは初めての概念《がいねん》。尊敬《そんけい》され、崇拝《すうはい》され、忠誠を誓《ちか》われる。純朴《じゅんぼく》な異世界人は、操《あやつ》るのも簡単だ。

適性に応じて仕事を与える。悩んでいる部下にはワンオンワンミーティングで、悩みを聞いてやる。鉄壁《てっぺき》の組織の出来上がりだ。

マキシムは孤児《こじ》を積極的に集めている。小さい頃から洗脳すれば、マキシムの意のままに動かせる部下が簡単に作れるからだ。子どもの頃から育て、お父さまと呼ばせている。大家族の長《おさ》として君臨《くんりん》し、従順な部下を各国に派遣《はけん》している。

「お父さま、魅了の魔石の有用性をお披露目《ひろめ》してまいります」

「頼むぞ。渡す相手はピンクの髪をした孤児だ。男爵家《だんしゃくけ》に養子縁組《ようしえんぐみ》できるよう段取りはつけている。彼女を支えてやってくれ」

魔道具を作り、広告塔に使わせ、ガッツリ売りさばくのだ。

「男爵家には使用人たちが入り込んでいる。連携《れんけい》してうまくやるんだぞ」

成り上がりの貴族は、優秀な家令や使用人に飢《う》えている。マキシムが鍛《きた》え上《あ》げたプロの使用人たちは、難なく入り込み、信頼を得て、実権を握《にぎ》る。父であるマキシムのため、高邁《こうまい》なビジョン実現のため、私利私欲に走らない使用人。マキシムの手は各国に着実に伸びているのだ。

ところが、順風満帆《じゅんぷうまんぱん》だったマキシムの計画に、ほころびが出始めた。ピンク令嬢に持たせた魅了の魔石。目論見通《もくろみどお》りに王子を籠絡《ろうらく》はできたのだが。そこからがいけなかった。

「王子が廃嫡《はいちゃく》になるか、王国が傾《かたむ》くか、ピンクが逆ハーレムを築くか。そのどれかになると思っていたが」

どれも当てが外れた。

「断罪《だんざい》を返《かえ》り討《う》ちした令嬢、ゾーイか。ひょっとすると」

その女も転生者かもしれない。

「お手並み拝見だな。少しは手応《てごた》えのある相手だといいが」

退屈しのぎにもってこい。マキシムは、己《おのれ》の勝利に一ミリの疑いも持っていない。たかが小娘。日本で社長をし、異世界で高潔なエルフと称《たた》えられているマキシムの敵になるはずがあろうか。

マキシムはまだ見ぬ令嬢ゾーイを鼻で笑った。

＊＊＊

ゾーイとエーミールは盤を前に向かい合っている。

コトリ、ゾーイが歩兵を動かすと、エーミールがうーんとうなる。

「ゾーイ、強くなった気がする」

「本当ですか？」

ゾーイは首を傾《かし》げた。

「僕、ゾーイと兄上が盤上遊戯をするのを眺《なが》めているのが好きだったんだ。以前は、ゾーイは女王を多用していたように思う。今は、色んな駒《こま》を使うんだね。前は、鬼気迫るものがあったけど、今はなんだか楽しそう」

ふふ、ゾーイは笑った。

「確かに、そうかもしれません。以前は、王を守るために必死でしたから。一番機動力があって最強の駒は女王ですもの。王を守るために死に物狂《ものぐる》いでしたの。でも、今は」

ゾーイは広い室内を見回す。マメシバのシバタローと、竜人のリリアンが追いかけっこしている。その様子をナタリーがせっせと絵に描き、「売れるわー、これ売れるわー」とつぶやいている。アシュリーとメアリーを始めとした使用人部隊たちは、ベンとアントンが作った魔道具を真剣な目をして試している。王家の影と違って、武闘派《ぶとうは》ではない淑女《しゅくじょ》たち。魔道具のできが彼女たちの生死を分けるのだ。

「分かったのです。女王には頼《たの》もしい仲間がたくさんいる。女王ひとりでキリキリしなくても、みんなで王を、国を、民を守ればいいんだって」

チェスに似たこのゲーム。クイーンの強さが破格。前世の記憶が戻る前のゾーイは、張りつめていた。王になるグスタフを守るために、最強の王妃《おうひ》にならなくてはと思っていた。だから、クイーンを酷使《こくし》する戦い方をしていたのだ。でも、前世の記憶を思い出し、視野が広くなり、大好きな人たちに囲まれていると気づいたゾーイ。もう少し肩の力を抜いて戦えるようになった。

「僕はね、この遊技は見るのは好きだけど、するのはそれほど好きではなかったんだ。だって、王の役割が退屈すぎるから。王は守られているだけで、ほとんど動けないし。でも、取られたら負けだしね」

縦横斜め、好きなだけ進めるクイーン。縦横斜め、ひとマスしか進めないキング。戦力としては弱いが、取り返しのつかない駒。キングを取られると、ゲームオーバー。

エーミールは王の駒に触れる。

「王は、皆を信じて待つのが仕事なのだなと、分かった。涼《すず》しい顔をして、じっと対局を見守るのが仕事。皆がノビノビ動いているのを、楽しむのが仕事。王が泰然としていれば、皆が安心。そういう存在なのだなと。だから、女王が隣に帰ってくるのを、じっと待つよ」

エーミールはゾーイの手を取って、優しい目でみつめる。

「私は、必ずエーミールの元に戻ってきます。エーミールが大好きですから」

エーミールはそっとゾーイの額《ひたい》に口づける。

「ゾーイが初めて、僕のことを好きって言ってくれた。嬉《うれ》しい。僕もゾーイが大好き」

「恥ずかしくて、なかなか言えませんでしたの」

ゾーイは、すまなさそうに肩をすくめる。

「待つのは得意だから、大丈夫。でも、これからはたくさん言ってほしいな」

甘い雰囲気《ふんいき》を察《さっ》して、皆がこっそりと部屋を出ようとする。ゾーイとエーミールはそれに気づいて、笑いながら止める。ゾーイは改めて、お礼を言った。

「みんなのおかげで、少しずつ救済《きゅうさい》が進んでいるわ。本当にありがとう」

「そんな、ゾーイ様のおかげです」

「ううん、そんなことないの。私は案を垂《た》れ流《なが》しているだけ。実際に手を動かして、ものを作って、現場で使って、困っている人や獣人を助けているのは、皆さんよ。私ひとりでは、なにもできないわ」

「ゾーイ様」

「これからも、よろしくお願いしますわ」

「もちろんですわ」

部屋にはほのぼのとした穏《おだ》やかな空気が流れる。

ゾーイは、しみじみと幸せを感じた。日本にいる大切な人のことは決して忘れない。いつか、きっと、どうにかして、再会したい。それまでに、こちらの世界をどんどん良くしたい。たくさんの人が幸せになれれば、嬉しいではないか。王太子妃《おうたいしひ》という権力を持っているのだ。その力と、仲間の力を掛け合わせ、幸せを量産したい。だってゾーイは、ハッピーエンドが大好きだから。

あとがき

「石投げ令嬢」「ハズレスキル草刈り」に続き、４冊目の書籍です。お手に取っていただき、お礼申し上げます。

　ドイツに住んで早10年。最近スイスイと車の運転ができるようになりました。ビルの清掃の仕事をしておりまして、社用車で色んなビルを回るのです。社用車はマニュアル車のみ。マニュアル車なんて、日本で免許を取って以来、四半世紀ほど乗っておらず。教習を受けました。ドイツには日本のような教習所コースはなく、先生が車で家まで迎えに来て、いきなり路上運転です。長年のペーパードライバーなのに。

　そして、ドイツは左ハンドルで右側通行。ドイツ語で右はレヒツ、左がリンクスなのですが。英語の右はライトで、左がレフト。レヒツとレフトって似てませんか。先生に「ネクステ　レヒツ」って言われたら、どっちやーってなります。信号で止まってからの再発進で必ずエンスト。左折で間違って左車線に入りそうになり、先生に「ヘル　ゴッド（神様）」って叫ばれて。ヘルがヘルルルルルってすごい巻き舌なんです。アラフィフにして、教習所の先生に舌打ち、ため息、巻き舌でののしられるという。運転中は涙目、冷や汗、大パニックでした。

　車の運転で疲労困憊。「執筆のエネルギーが残っておりません」と担当編集者さんにボヤいたところ。「怖いからってハンドルにしがみつくと、疲れますよ。ハンドルから思い切って距離を取ってみてください」とアドバイスをいただきました。試したところ、視界が広がって、リラックスして運転できるようになりました。そんな感じで、小説の執筆だけでなく、車の運転までアドバイスいただいております。中溝諒さん、何から何まで、ありがとうございます。

就職氷河期でひどい目に合い、ドイツでの仕事も波瀾万丈なのですが。40代で作家デビューし、車の運転もできるようになりました。いくつになっても、新しいことに挑戦すると生活にハリが出ます。色んな難局にへこたれず、幸せをつかんでいく人たちを書きました。皆さんにも、色んなハッピーが訪れますように。

imoniii様、繊細で情緒のある素晴らしい絵に感謝いたします。エモいってこういうことなのね、と感動しました。

そして最後に、いつも支えてくれる家族親族、友人、元同僚の皆さん、ダンケシェーン。

みねバイヤーン